古典文獻研究輯刊

五 編

潘美月・杜潔祥 主編

第 26 冊

《說文古籀補》研究（上）

林葉連 著

國家圖書館出版品預行編目資料

《說文古籀補》研究（上）／林葉連著 -- 初版 -- 台北縣永和市：
花木蘭文化出版社，2007〔民96〕

目 6+166 面；19×26 公分（古典文獻研究輯刊 五編；第26冊）

ISBN：978-986-6831-45-4（全套精裝）
ISBN：978-986-6831-71-3（精裝）
1. 字書　2. 研究考訂
802.257　　　　　　　　　　　　　　　　　96017726

ISBN - 978-986-6831-71-3

9 789866 831713

古典文獻研究輯刊
五　編　第二六冊　　　　　　　ISBN：978-986-6831-71-3

《說文古籀補》研究（上）

作　　者　林葉連
主　　編　潘美月　杜潔祥
企劃出版　北京大學文化資源研究中心
出　　版　花木蘭文化出版社
發 行 所　花木蘭文化出版社
發 行 人　高小娟
聯絡地址　台北縣永和市中正路五九五號七樓之三
　　　　　電話：02-2923-1455／傳眞：02-2923-1452
電子信箱　sut81518@ms59.hinet.net
初　　版　2007年9月
定　　價　五編 30 冊（精裝）新台幣 46,500 元

《說文古籀補》研究（上）

林葉連　著

作者簡介

　　林葉連，民國 48 年（1959）2 月，生於臺灣南投，祖籍在福建省漳浦縣，中國文化大學文學博士。在潘師重規、陳師新雄、左師松超指導下，主攻《詩經》學，曾於 2004 年，榮獲中國《詩經》學會在河北承德避暑山莊頒發第二等獎。至於文字學方面，《說文》之學受陳師新雄、許師鍈輝、林師慶勳教導。古文字學承李師殿魁教導，李師則學自嚴一萍先生。著有《中國歷代詩經學》、《詩經論文》、《國學探索文集》、《勵志修身古鑑》、《儒家五倫思想》，現任國立雲林科技大學漢學所所長。

提　　要

　　本書主要針對吳大澂（愙齋）的《說文古籀補》一書加以系統性的研究。吳大澂除了在清朝官場上卓有勳績之外，也是當時非常重要的古器物收藏家、古文字學家，一時文采風流，熠耀京國。在此之前，古器物往往僅供人收藏把玩，吳大澂首先確立三代銘文更崇高的價值，將它們納入古文字研究的領域中。

　　金文字典的編纂方式有三類：一是按韻編次，如呂大臨《考古圖釋文》。二是按《說文》順序編次，如吳大澂《說文古籀補》。三是按《康熙字典》部首編次，如高明《古文字類編》。吳大澂是其中一類的創始人，其篇章編纂方式大致上為容庚《金文編》所沿用；至於兼採陶、璽、錢幣等文字的體例，雖然容庚《金文編》不採行，但為徐中舒《漢語古文字字形表》及高明《古文字類編》所沿用。因此，《說文古籀補》的體例，深深影響了第二、三兩類金文字典。

　　本書研究的項目，包括吳大澂的生平、《說文古籀補》的體例及版本、古文字結構的解析、字體的摹寫及隸定、所引器物研究。客觀地評估吳大澂的貢獻，並且逐一檢討其缺失。是一本針對金文字典所作多角度探索、注重源流發展的書籍。

　　關鍵字：說文古籀、吳大澂、金文、銘文

目

錄

愙齋屯防時影象（潘季孺藏）

愙齋撫粵時畫象（費仲深藏）

〈愙齋先生墓誌銘〉（此係定本，與《春在堂文集》、《續碑傳集》所載微異）

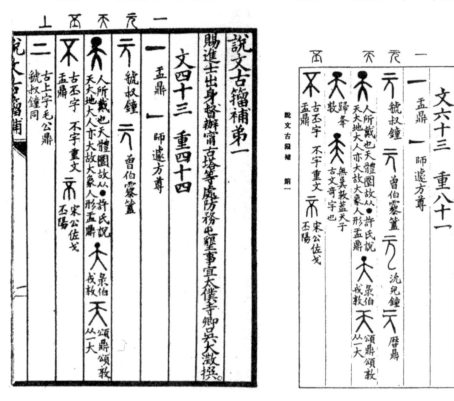

書影一：光緒九年家刊本　　　　　　書影二：光緒二十一年乙未增訂本

緒　論

　　《說文・敘》云：「倉頡之初作書，蓋依類象形，故謂之文；其後形聲相益，即謂之字；著於竹帛謂之書，書者如也。以迄五帝三王之世，改易殊體，封於泰山者七十有二代，靡有同焉。及宣王太史籀著《大篆》十五篇，與古文或異。至孔子書《六經》、左丘明述《春秋傳》，皆以古文。秦燒滅經書，滌除舊典，大發吏卒，興戍役，官獄職務緐，初有隸書，以趣約易，而古文由此絕矣。及亡新居攝，頗改定古文。時有六書：一曰古文，孔子壁中書也；二曰奇字，即古文而異者也……壁中書者，魯恭王壞孔子宅，而得《禮記》、《尚書》、《春秋》、《論語》、《孝經》；又北平侯張蒼獻《春秋左氏傳》；郡國亦往往於山川得鼎彝，其銘即前代之古文，皆自相似。雖叵復見遠流，其詳可得略說也。」上古文字之因革大體如是。林師景伊《文字學概說》第三篇第一章字形的演進、潘師石禪《中國文字學》第三章中國字體的演變，均詳爲闡述。

　　小篆以前之字體，乃悫齋所謂之「古籀」，爲《說文古籀補》採集之範疇，茲略述古籀之名實如后：

一、今人所見之古文有四類

（一）載於經籍之古文

　　《說文・敘》云：「及宣王太史籀著《大篆》十五篇，與古文或異。至孔子書《六經》，左丘明述《春秋傳》，皆以古文。」可知太史籀《大篆》十五篇雖已問世，而當日學者寫經，多沿用古文。王國維考證漢人所聞見之古文經傳，計《周易》中古文本、費氏本，《尚書》伏氏本、孔壁本、河間本，《毛詩》，《禮經》淹中本、孔壁本、河間本，《禮記》，《周官》，《春秋經》，《春秋左氏傳》孔壁本，《論語》孔壁本，《孝經》；凡十五本。至東漢，僅存孔子壁中書及《左氏傳》；因而古文一詞，幾爲

壁中書所專有。《說文》中標示古文者，凡五百餘字，然實有不標「古文」之名而實爲古文者。錢大昕跋《汗簡》曰：

> 《說文解字》收九千餘字，古文居其大半。其引經據典，皆用古文說。間有標出古文籀文者，乃古籀之別體，非古文止此數也。

段玉裁注《說文‧序》曰：

> 小篆因古籀而不變者多，其有小篆已改古籀，古籀異於小篆者，則以古籀附小篆之後，曰古文作某、籀文作某，此全書之通例也。

除《說文》而外，魏邯鄲淳所書之《三字石經》猶見殘石，亦爲現存之經典古文。《晉書‧衛恆傳》曰：

> 魏初傳古文者，出於邯鄲淳。恒祖敬侯（覬）寫淳《尚書》，後以示淳而淳不別。至正始中，立《三字石經》，轉失淳法。

《魏書‧江式傳》曰：

> 陳留邯鄲淳以書教諸皇子，又建《三字石經》於漢碑之西。

是魏《三字石經》爲齊王芳正始中所立。王國維曰：

> 自後漢以來，民間古文學漸盛，至與官學抗衡。逮魏初復立太學，暨於正始，古文諸經蓋已盡立於學官，此事史傳雖無明文，然可得而微證。

是時，太學所有之石經皆今文，故刊古文經以補之。其所補之經爲《尚書》、《春秋》二部；亦表裏刻，表爲《尚書》，裏爲《春秋》，與漢石經之諸經自爲表裏者不同。

《三字石經》多散佚。宋仁宗皇祐五年癸巳，洛陽蘇望得其拓本八百一十九字於故相王文康家，刻石洛陽，其後，胡宗愈據以刻諸成都西樓；洪適《隸續》錄之，謂之《左傳》遺字。而郭忠恕《汗簡》引錄一百十四字、夏竦《古文四聲韻》引錄一百四十字。王國維謂郭、夏所引，除見於《隸續》者，頗有《尚書》、《春秋》、《左傳》三經所無之字，殆未可盡據。清光緒二十一年乙未，洛陽龍虎灘出土《尚書‧君奭》殘石一百十字，爲黃縣丁氏所得。民國 11 年 12 月，洛陽城東南三十里朱圪塔村田中出土《尚書‧無逸》、《君奭》及《春秋》僖公、文公殘石，兩面共得一千七百七十一字；〈君奭篇〉恰與丁石銜接。又出一殘石，爲《尚書‧多士》及《春秋‧文公》，兩面共得二百二十九字。此外尚有殘石百數十塊，爲覲縣馬氏、吳興徐氏、建德周氏、上虞羅氏所得。近人吳維孝著有《新出漢魏石經考》、張國淦著有《歷代石經考》，又周康元集拓各家殘石撰成《集拓新出漢魏石經殘字》初編、二編。石禪師曰：

> 合宋清和近代的發現，除去重複，約得古文三百二十字。大抵皆與《說文》

所載古文符合，可見二者的來源，都是出於孔子壁中書。〔註1〕

孔子壁中書、張蒼所見《左傳》及鼎彝銘識三者爲東漢所僅見之古文，《說文》所錄，止於前二者，字數甚有可觀。《說文・敘》云：

> 諸生競逐說字解經誼，皆不合孔氏古文，謬於史籀。蓋文字者，經藝之本，王政之始，前人所以垂後，後人所以識古。故曰「本立而道生」、「知天下之至嘖，而不可斷」也。今敘篆文，合以古籀。其稱《易》孟氏、《書》孔氏、《詩》毛氏、《禮》周官、《春秋》左氏、《論語》、《孝經》皆古文也。

許氏鑑於當日諸生未曉古文而競逐說字解經，《說文》之作，亦欲力匡其失，使古書之精義不致隱晦消逝。高師仲華曰：

> 古文經學得劉歆、杜子春、鄭興、鄭眾、賈徽、賈逵諸大師之倡導，盛極一時。許君恐當時人不能讀古文經書也，故所採引亦以經書古文爲主，而鼎彝銘識則未之及，蓋所重者不在此也。今則史籀所著全佚，即東漢所見九篇亦不存，惟賴許君《說文》得以見其崖略。……古文經書，今除《毛詩》、《周禮》、《左傳》外，多不傳；即《毛詩》、《周禮》、《左傳》之文字，亦往往非漢時古文，又惟賴許君《說文》得以略見其面目。昔錢大昕《說文答問》即據《說文》考得群經古文三百餘字，陳壽祺撰《說文經字考》，俞樾撰《說文經字考》、蔡惠堂撰《說文古文考證》，又續有考輯，而後群經古文始爲世所知。《說文》之保存古籀文及經書古文者如此，其功可謂大矣。不僅此也，漢以來銅器，甲骨出土日多，其文字亦均古文也，以其與《說文》所載經書古文「皆自相似」，乃得而識之。使無《說文》，則金文、甲文安可識？今人或有好據金文，甲文以謗《說文》，而自鳴高者，可謂數典而忘祖矣。〔註2〕

蓋由於《說文》採錄多量載於經籍之古文，據以爲根本，今人方得以識讀甲骨、金文、簡冊、帛書、載書等晚後出土之古文，論許氏之功，實無與匹。

（二）刻於甲骨之古文

甲骨文乃刻寫於龜甲及獸骨之殷周文字（近年出土之周原甲骨爲周文王時物）。董彥堂先生《甲骨年表》據小屯村人之傳述，曰：

> 光緒二十五年以前，小屯村北的農田中，就常有甲骨出現，村中有名李成者，撿拾之，以爲藥材，售於藥店，分龜板、龍骨兩種。破碎者碾爲細粉，

〔註1〕　潘重規：《中國文字學》（臺北・東大出版），頁115。
〔註2〕　高明：《高明文輯》中冊（臺北・黎明出版），頁1〈對《說文解字》之新評價〉。

名刀尖藥，每年春會，赴四鄉售賣，爲治療創傷之用。李成即村中專營此業者，前後經數十年之久。龜板、龍骨大批售於藥店，每斤制錢六文。上有字跡者多被刮去。〔註3〕

又羅振常《洹洛訪古遊記》曰：

其極大胛骨，近代無此獸類，土人因目之爲龍骨。攜以示藥舖，藥物中固有龍骨，今世無龍，每以古骨充之。且古骨研末，又愈刀創，故藥舖購之，一斤纔得數錢。鄉人農暇隨地發掘，所得甚夥，檢大者售之；購者或不取刻文，則以鏟削之而售。其小塊及字多不易去者，悉以塡枯井。

光緒二十五年，山東福山縣翰林王懿榮使人從北京菜市口達仁堂購藥歸，檢視藥方時，發現「龍骨」之刻劃痕跡乃古代文字，遂爲發現甲骨文之第一人。

王懿榮乃金石名家，愙齋之通家弟，二人交往甚密。愙齋之室名有「寶秦權齋」者，由王氏書額。每有金石拓本，輒相贈與。1872年（同治11年）11月17日，愙齋〈與沈樹鏞書〉曰：

廉生鑑別吉金，爲吾輩第一法眼。阮（元）、吳（榮光）諸錄，惜當時濫收拓本，眞贋雜出，刪不勝刪。平安館賞鑑，近時最不可恃。以弟所見，似東武劉氏藏器贗品最少。（《吳愙齋先生年譜》）

廉生或作蓮生，王懿榮之字也。其於鑑別功夫，獨具隻眼，甲骨文字之被發現，豈偶然哉？《說文古籀補》一書成於光緒九年，二十一年增訂重刊。其後四年，甲骨文字方才爲人所知，是以《古籀補》未及採錄。愙齋於二十八年卒於里第，其能親見甲骨文字乃必然之勢；而天不假年，此古文字名家不得與於甲骨之學，良可慨歎。

晚清以來，經長期挖掘、收藏、著錄、研究，甲骨之學已蔚爲皇皇大國矣。屈萬里「各家收藏甲骨數量及著錄數量表」如下：

甲、本國公私家收藏者

收藏處所及片數		著錄片數	著錄書名	備　註
中央研究院發掘所得	二、四九八一	三九四二	《甲編》	《乙編》之九一〇五片，已有一部分經拼綴後，輯入《丙編》
		九一〇五	《乙編》	
購自王伯沆	六六〇	五〇九	《南北》	王氏購自劉鶚
		六六〇	《集刊》三十七本	
零購	六二			

〔註3〕 董作賓：《董作賓先生全集》第十一冊，即乙編第六冊（臺北·藝文出版）。

國立歷史博物館	三、六五六	九八三	《甲骨文錄》	係前河南博物館發掘所得
國立中央圖書館	約七〇〇	六四八	《中國文字》一九及二〇期	編有拓本及釋文，待刊
國立臺灣大學	一二	一二	《考古人類學刊》第一期及一七、一八合期	內七片購自李宗侗；五片由廈門大學移來
僞北京圖書館接收羅振玉舊藏	四六二	四六二	《前編》	
接收張仁蠡舊藏	二九二			
何遂所贈	一三〇	一六	《通纂》	
		六一	《佚存》	
購自胡厚宣	一、九〇〇			此批甲骨，大多數（或全部）當已著錄於胡氏所編各書。
購自通古齋	四二〇	四二〇	《鄴中》	
僞清華大學購自于省吾	六九七	一一四	《鄴初》	
		二五四	《戰新》	
購自胡厚宣	九〇〇	七四六	《寧滬》	
購自廠肆	三八			
僞北京大學接收燕京大學舊藏	一、〇八八	八七四	《殷契卜辭》	
霍保祿所贈	五二一	約三〇〇	《續編》	
購自羅福頤	七八八			
購自慶雲堂	四八六			
接收久下司舊藏	五			
接收張仁蠡舊藏	三二			
僞北京師範大學接收輔仁大學舊藏	五二〇	一二〇	《鄴三》	
前誠明文學院	七四一	七四一	《戩壽》、《誠明》	
僞南京大學接收中央大學舊藏	二七七	二七七	《甲骨六錄》	
接收金陵大學舊藏	三七	三七	《福氏》	
僞廈門大學	二九	二九	《戰新》、《續存》	
華西大學	一六	一六	《甲骨六錄》	
僞文化部購自劉體智	二八、〇〇〇	一五九五	《粹編》	
羅伯昭捐獻	三八八			
徐炳昶捐獻	一三			
張珩捐獻	三二			

購自郭若愚	四四〇	一七一	《掇拾》一、二	
購自孟定生	三六〇			
購自邵伯絅	二二			
偽上海博物館接收孔德研究所舊藏	一、五五〇	三四三	《撫續》	
		二八九	《掇拾》一	
接收市立博物館舊藏	一、〇三二	三四	《掇拾》二	
購買及捐獻	一〇			
偽山東文管會接收羅振玉舊藏	一、三〇九	四二	《續存》	
接收山東圖書館舊藏	七一			
代管明義士舊藏	一、〇三七	八四七	《南北》	
偽青島文管會	二七			
偽新江文管會	約一六〇	九	《掇二》	
		一三一	《續存》	
偽天津市文化局	約八〇〇	八〇〇	《簠徵》	
偽浙江省圖書館	二二	二二	《掇拾》二	
		一	《續存》	
南京博物館	四	四	《掇拾》二	
		四	《續存》	
代管明義士舊藏	二、三八四	二、三六九	《殷虛卜辭》	
偽旅順博物館	一、五〇〇	二五六	《續存》	
偽廣州博物館	約一五〇	二三五	《續存》	
偽東北博物館	三九〇	五三	《續存》	
偽故宮博物館	約二〇〇			
偽北京歷史博物館	二五〇	九	《續存》	
偽江蘇博物館	九	七	《續存》	
偽吉林博物館	四〇	一八	《續存》	
偽新鄉圖書館	二〇〇	二七	《續存》	
偽河南省文管會	二〇〇	三八	《續存》	
偽華東師範學院	一二〇	三八	《續存》	
偽復旦大學	三〇〇	四九	《續存》	
偽東北人民大學	四〇	七	《續存》	
何春畚	一九	一九	《外編》	
何敘甫	六一	六一	《外編》	
沈廣廬	二五	二五	《外編》	係劉舊藏

梁思永	四	四	《外編》	梁任公舊藏
莊尙嚴	七	七	《外編》	
陳中凡	一七八	一七八	《外編》	
李棪	四〇〇	三三 一八	《海外》 《歐美亞所見甲骨錄存》	
其他	三七一	四		方地山等十六家所藏，詳見《甲骨學五十年》一八三頁。
總計	八一、五七五	二七、九七三		

乙、國外公私家收藏者

收藏處所及片數		著錄片數	著錄書名	備　　註
香港大學馮平山圖書館	五	五	《歐美亞所見甲骨錄存》	
香港大會堂美術博物館	一	一	同右	
美國卡內基博物館	四三八	四三八	《庫方》	
美國佛利特博物館	四	四	同右	
美國納爾森藝術館	一二	一二	《中國文字》二二－二五、二九各期	
美國普林斯頓大學	一一九	一一九	七集	
美國哈佛大學	約七〇〇			
美國施密士	六二	六二	《佚存》	
美國古董商	約三〇〇			
英國倫敦博物館	四八四	四八四	《庫方》	
英國蘇格蘭博物館	七六〇	七六〇	《庫方》	
英國牛津大學亞士摩蘭博物館	一二	一二	《歐美亞所見甲骨錄存》	
英國金璋	四八四	四八四	《金璋》	多歸英國劍橋大學
法國巴黎各機關	二六	二六	巴黎所見甲骨錄	巴黎大學、策怒斯奇博物館、歸默博物院所藏
德國柏林民俗博物館	七一一	七二	七集	
瑞士巴塞爾人種誌博物館	六八	六八	《海外》	德國衛禮賢舊藏
加拿大多倫多博物館	七、三八六	二六	《骨文化》	計購自懷履光的二六八六片
		三、一七六	該博物院已編定	明義士捐贈的四七〇〇片。

韓國藻城大學	三	三	《歐美亞所見甲骨錄存》	
日本東洋文庫	六〇二	二一三	《龜甲》	係林泰輔舊藏
日本東京大學	一一八	一四	《通纂》	
		一五	《安陽遺寶》	
日本東京大學教育學部	五			
日本京都大學人文科學研究所	三、六〇九	三、二四六	京都	有假的二十三片，和一些碎片，未著錄。
日本京都大學考古室	四五	七	《通纂》	
日本東京國立博物館	二二五			有假的二片
日本畫道博物館	約三五〇	三五〇	《甲骨學六至十期》	有假的一片，特大
日本天理參考館	約三、五〇〇			
日本早稻田大學東洋美術室	二三			
日本早稻田大學高等學院	七			有假的一片
日本明治大學考古學研究室	四			
日本國學院考古學資料室	一一			
日本慶應大學	二四			
日本京都桃山中學	一	一	《通纂》	
日本八木正治	一四			
日本三井源右衛門	三、〇〇〇	七八八	《龜甲》	
		四二四	《遺珠》	
日本小倉武之助	五三			
日本小林斗庵	三四			有假的一片
日本中島蠔叟	二〇〇	一二七	《通纂》、《遺珠》	
日本內藤湖南	二〇			
日本田中救堂	約四〇〇	一九	《通纂》	
		二〇三	《遺珠》	
日本佐藤武敏	一			
日本白川一郎	八九	八六	《佚存》、《遺珠》	多係堂野前憧松舊藏
日本谷邊楠	一八			
日本岩間德野	一			
日本岩井大慧	五			
日本松谷石韻	二			
日本松丸道雄	一			
日本河井荃廬	約五〇〇	三七七	《龜甲》、《遺珠》等	

日本碰伊之助	五一		
日本富田昌池	一		
日本富岡居攄	約八〇〇		
日本園田湖城	五		有假的二片
日本藤井有鄰館	一一		
日本中村不折	約五〇〇	二八三	《通纂》、《遺珠》
日本內藤虎	二五	四	《通纂》
蘇聯 Hermitage 博物館	約二〇〇		布那柯夫謂：皆僞品。胡厚宣謂：有一部分眞的。
總計	二六、〇三〇		

　　（原註：以上計國內收藏的共八一五七五片，國外收藏的共二六〇三〇片，合計共一〇七六〇五片。此外，明義士的《殷虛卜辭後編》（原拓本，現藏加拿大多倫多博物院），共收了甲骨拓本二八一二片；除了其中的一〇三七片實物，現藏於僞山東省文物管理委員會外，其餘的一七七五片，就不知散失到那裏去了。但，那些甲骨雖已不知去向，所幸拓本尚在；在資料方面來說，實等於沒有散失。又：據報載，最近安陽發現了有字甲骨四千八百多片，如果也把這一七七五片和新發現的四千八百多片算在裏面，那就超過十一萬片了。）

　　有關甲骨文之書籍，可分爲著錄之屬（如劉鶚《鐵雲藏龜》）、認字之屬（如孫詒讓《契文舉例》）、字典之屬（如王襄《簠室殷契類纂》）、解釋文辭之屬（如王國維《戩壽堂所藏殷虛文字考釋》）、考證史地之屬（孫詒讓《契文舉例》爲其濫觴，民國 6 年，王國維《卜辭中所見先公先王考》及《續考》引發學術界之注意，效之者風起雲湧）。羅振玉號雪堂、王國維號觀堂、郭沫若號鼎堂、董作賓號彥堂，一時號爲甲骨四堂，影響極大。唐蘭、胡厚宣、魯實先、李孝定、金祥恒、嚴一萍諸先生亦皆精研甲骨文。甲骨學字典每爲學者津梁，舉其要者如下：

編　　者	字　典　名　稱	可　識　字	出　　版　　年　　月
王　　襄	簠　室　殷　契　類　纂	８７３	民 9、12 月（一九二〇）
商　承　祚	殷　虛　文　字　類　編	７８９	民 12、7 月（一九二三）
朱　芳　圃	甲　骨　學　文　字　編	９５６	民 22、12 月（一九三三）
孫　海　波	甲　　骨　　文　　編	１００６	民 23、10 月（一九三四）
金　祥　恒	續　甲　骨　文　編		民 48、10 月（一九五九月）
李　孝　定	甲　骨　文　字　集　釋	１７０４	民 54、5 月（一九六五）

又一九六五年，上海中華書局《甲骨文編》改定本為今日最稱完備之甲骨文字典。

甲骨文為世人發現至今已八十有六年，舉凡殷代之帝王、世系、名臣、地理、祭典、氣侯、曆法、農業、工藝、漁獵、信仰、生育……莫不有學者勤力探討，於舊日經學、文字學、殷代史事之誤說多所匡正，又能填補殷商禮法、民俗、方國記載之闕，殷商史為之改觀矣。

（三）鏤於鐘鼎彝器之古文

以銅鑄器起於何時？今未可確考。《史記‧封禪書》敘述漢武帝時代汾陰得寶鼎事，曰：有司皆曰：「聞昔泰帝興，神鼎一。一者，壹統天地，萬物所繫終也」。

《索隱》曰：「泰帝，太昊也」，則鑄鼎始於伏羲時代。《管子‧五行篇》曰：

> 昔黃帝以其緩急作五聲以政五鐘。

《呂氏春秋‧古樂篇》曰：

> 黃帝又命伶倫與榮將鑄十二鐘，以和五音，以施英韶，以仲春之月，乙卯之日，日在奎，始奏之，命之曰咸池。

《史記‧封禪書》曰：

> 黃帝作寶鼎三，象天地人。

咸謂作鐘鑄鼎始於黃帝。泰帝也者，黃帝也者，其時代遐渺，無可稽信。或言夏代用金鑄鼎，《左傳‧宣公三年》曰：

> 昔夏之方有德也，遠方圖物，貢金九牧，鑄鼎象物。

《史記‧封禪書》曰：

> 禹收九牧之金，鑄九鼎。

《墨子‧耕柱篇》云：

> 昔者夏后開（開即啟，避漢諱改）使蜚廉折金於山川，而陶鑄之於昆吾。……
>
> 九鼎既成，遷於三國：夏后氏失之，殷人受之；殷人失之，周人受之。

春秋戰國之時，有關九鼎之事，言之鑿鑿，而今人所見最古之彝器則屬殷商時期；惟以鑄造已臻精美，絕非初期產物，故夏后鑄鼎之說或可存商。

西周為鑄造彝器之鼎盛時代，銘文長者，如毛公鼎銘達 497 字，足抵尚書一篇。東周以降，鑄器之風寢微。今所見先秦銅器之有彝銘者約五千件，為學術界至可寶愛之學術資料。

阮元《商周彝器說》曰：

> 三代時，鼎鐘為最重之器，故有立國以鼎彝之器者：武王有分器之篇，魯公有彝器之分，是也。有諸侯大夫朝享而賜以重器者：周王予虢公以爵，

晉侯賜子產以鼎，是也。有以小事大而賂以重器者：齊侯賂晉以地而先以
紀甗，魯公賂晉卿以壽夢之鼎，鄭賂晉以襄鐘，齊人賂晉以宗器……有以
大伐小而取爲重器者：魯取郜鐘以爲公盤，齊攻魯以求岑鼎，是也。有爲
述德徽身之銘以爲重器者：祭統述孔悝之銘，叔向述纔鼎之銘，孟僖子述
正考父鼎銘，史蘇述商衰之銘，是也。有爲自矜之銘以爲重器者，禮至銘
殺國子，季武子銘得齊兵，是也。有鑄政令于鼎彝以爲重器者：司約書約
劑于宗彝，晉鑄刑書于刑鼎，是也。且有王綱廢墜之時，以天子之社稷而
與鼎器共存亡輕重者；武王遷商九鼎于洛，楚子問鼎于周，秦興師臨周求
九鼎，是也。

漢至六朝期間，視彝器之出土爲吉祥之象徵；漢武帝因得鼎於汾水上，而改元爲元
鼎。三國至南北朝之史書，如《宋書》、《南齊書》、《魏書》，則將彝器出土之事載於
符瑞、祥瑞、靈徵志中，可見其推重之一斑。隋、唐、五代之間則反是。隋文帝、
後周太祖並視彝器之出土爲妖異之事，悉命毀之，見《隋書·高祖紀下》、《五代會
要》。

　　《漢書·郊祀志》載張敞以古彝器證史，許慎首先據彝器文字以研討文字。《說
文·敘》曰：

郡國亦往往於山川得鼎彝，其銘即前代之古文，皆自相似。雖叵復見遠流，
其詳可得略說也。

歷三國至五代，應用古器文字於學術研究者，惟劉杳一人。至宋代，斯學始興，而
元、明兩代之收藏家則又視上古彝器爲清玩之古董。迄乎晚清，學者據彝銘以鑽研
學術始蔚爲風氣，其學術價值由此屹立不搖。

　　梁陶宏景《刀劍錄》、陳虞荔《鼎錄》爲今所見最早著錄古銅器之書，開宋代以
來著述之先河。宋清兩代之金文學極盛，或圖形狀，或摹款識，或釋文字、考故實，
成績燦然可觀矣，茲不縷述。而出土彝器之名目，見於王國維《宋代金文著錄表》、
《國朝金文著錄表》、鮑鼎《國朝金文著錄表補遺》，三表合計七千一百四十三器；
屬三代者五千八百四器，列國先秦一百六十四器，漢以後一千一百七十六器。秦、
漢之器，所鑄已非古籀文字。近年新出土之銅器達數百件，李棪、翁世華將爲之考
釋。

　　愙齋之《恒軒所見所藏吉金錄》爲圖像之屬，《愙齋集古錄》爲文字撰錄之屬，
其《說文古籀補》則爲字典之屬，依《說文》部首編纂之「古籀」字典以之爲嚆矢。
《古籀補》中，吉金銘文居十之八九。蓋愙齋比照《說文》所載之古文，推求之，
細審之，而後識讀吉金文字；既能通讀矣，因而錄此上古先秦彝銘以補《說文》古

籀之不足，可知《說文解字》與《說文古籀補》實為相輔相成之作。

（四）其　他

《說文・敘》云：「及宣王太史籀著《大篆》十五篇，與古文或異。至孔子書《六經》，左丘明述《春秋傳》，皆以古文」。史籀篇已出，然書寫經文者多沿用古文。非但經籍文字如此，今所見陶、璽、刀布泉貨、簡冊、載書、繒書、符節文字亦然。至諸侯力政，周末瓦崩，裂為七國，車涂異軌，文字異形；此時文字亦稱古文，而形貌則非三代之舊矣。

（A）刀布泉貨

傳世古錢幣多屬春秋戰國，間有少數西周錢幣，然在疑似之間。宋董逌《錢譜》、鄭樵《通志》、羅泌《路史》附會戰國布錢為太昊、黃帝、高陽、帝嚳之「神品」，荒誕不經。就形狀言，有形似鏟形之空首布，又有尖足布、方足布、圓足布之別；另有刀形布，多為齊國、莒國貨幣，少數屬燕國。南方楚國有郢爰及蟻鼻錢。張光裕曰：

> 郢爰是一種扁平鈐記的小金塊，通常是由二至二十四小方格組成一大方塊，每小方格約十一二公分，使用時加以切割，輕重往往不等。蟻鼻錢是一個俗稱，因其中錢文似臉形之故，其實它是一種仿貝形的銅質貨幣。

〔註4〕

著錄古錢當以南朝梁劉潛《錢志》與顧烜《錢譜》為最早，二書均已亡佚。今存最古者，當推洪遵《泉志》十五卷。容媛《金石書錄目》著錄三十八種；清人初尚齡著《吉金所見錄》，馬昂《著貨布金文考》，李佐賢著《古泉匯》，又與鮑康合纂《續泉匯》，劉心源著《奇觚室吉金文述》，愙齋採錢幣文字入《古籀補》，皆有功於斯學。民國二十七年，丁福保編《古錢大辭典》，二十九年重編《歷代古錢圖說》，日人奧平昌洪編《東亞泉志》，皆此中要籍。

古人以泥範鑄錢，用完即廢棄，故今見布錢，無兩枚全同者；又因錢量甚夥，故其字體流於俗簡，邯鄲寫作甘丹，即其例也。

（B）璽印及封泥：

柯昌泗序《尊古齋古鉨集林》曰：

> 今六國異文之晚出而僅存者，惟時時見於古鉨耳。嘗試舉其足徵於當時者，約有四端：一曰尋篆籀之異同，二曰稽氏族之源流，三曰證輿地之沿革，四曰補職官之闕佚。

〔註 4〕　《先秦泉幣文字辨疑》，臺大文學院出版。

宋人彙集古印之書，今皆不見，明顧氏《印藪》爲今傳最早之印譜。清代至今，編集印譜者多，然多以欣賞爲主，未能用之於學術考究。容媛《金石書錄目》著錄璽印書籍五十餘種，猶有遺漏。陳介祺《十鐘山房印舉》一書乃清末專集璽印之最著者。近年丁佛言《說文古籀補補》、羅福頤《古璽文字徵》、《古璽文編》依《說文》部首編纂成書，璽印之學邁入另一嶄新境界。封泥與璽印同類，吳式芬、陳介祺合編《封泥考略》，周明泰編《續封泥考略》，王獻唐編《臨菑封泥文字》，以上三書嘗著錄先秦封泥，爲數寥寥。愙齋亦好蒐集古鉥，著《十六金符齋印存》三十冊、《周秦兩漢名人印考》一冊，《古籀補》中亦多璽文，光緒二十一年乙未增訂本所採尤夥；而封泥則未之及。

（C）陶　文

所謂陶文，可兼指陶器文字及磚瓦文字。今所見最早有文字之陶器殘片屬殷商時期，中研院史語所於殷虛挖掘而得。宋王闢之《澠水燕談錄》卷八爲記述出土瓦當最早之文獻。晚清蒐求最勤，所獲亦最多者，其爲山東濰縣陳介祺。陳氏之友人將其分贈之拓本編成《簠齋藏陶》一書，而友人非一，所編之《簠齋藏陶》遂各有詳略。此外，劉鶚《鐵雲藏陶》、吳隱《遯庵古陶存》、太田孝太郎《夢庵藏陶》、周進《季木藏陶》（由孫潯、孫鼎合編）皆其類也，而《季木藏陶》可謂集菁華之作。磚瓦文字之最古者爲《石索》、《金石萃編》所錄之「周豐宮瓦當」一器，傳爲周器，未能論定。《上陶室專瓦文擩》，羅振玉《秦漢瓦當文字》、《秦金石刻辭》皆著錄秦磚瓦、瓦量。字典式之書籍，前有顧廷龍《古陶文舂錄》，後有金祥恒先生《陶文編》，後者取材較豐。

（D）簡　冊

先秦竹簡極易腐朽，罕見出土。漢武帝時，於孔壁中發現古文經書；晉太康二年發現汲冢竹書；南齊建元元年，襄陽出土〈考工記〉。它如晚清發現敦煌竹簡，民國十九年發現居延簡冊，近年發現武威儀禮簡，或爲漢人所寫，或爲晉人之公牘文字。民國四十一年起，先後發現先秦簡牘，表列如下：

名　　　稱	出土竹簡數目
長沙五里牌戰國楚簡	三十八枚
長沙仰天湖戰國楚簡	四十三枚
長沙楊家灣戰國楚簡	七十二枚
河南信陽長台關戰國簡	二十八枚，又殘片四十多枚
江凌望山楚墓竹簡	一號墓二十四枚，二號墓十三枚`

以上所列竹簡，爲研究戰國時楚國文化之珍貴資料。

（E）帛　書

帛書腐朽亦易，罕見出土。東漢時，杜林於西州得漆書古文《尙書》一卷，或爲先秦帛書。民國 30 年 9 月，長沙東郊子彈庫之紙源沖（又名王家祖山）出土楚繒書；帛作方形，四週繪植物及人獸神怪圖，上有文字九百餘，有關占侯五行家之言，可辨識之字約半數。

（F）石　刻

今所見三代，先秦石刻亦鮮，後人著錄之先秦石刻多係僞品或誤認後世之石刻。「小臣𫄽𣪘」刻辭由中研院史語所於安陽侯家莊西北岡殷代大墓中發現，爲今人所見石刻之最古者。另如石鼓文，刻字約五百，唐太宗貞觀年間出土於陝西舊鳳翔府天興縣，歷來研究者多，其刻成年代亦眾說紛紜。未能遽定。懷石磬銘爲薛氏《彝器款識》所著錄，銘文五十九。詛楚文三種，宋代出土，共計三百四十八字，王厚之《鐘鼎款識》本所存者最佳。皆存古籀之迹。

（G）載　書

民國 30 年前後，河南北部沁陽出土玉石盟書。54 年 12 月，山西省侯馬市東南之春秋晚期晉國都城遺址，出土一千餘件盟書（古代稱載書），皆以朱紅顏料或墨寫於玉石之上。考古學者分其內容爲宗盟、委質、內室、卜筮四大類，此皆研究春秋戰國時期盟誓制度之一手資料。

探研如上七類古文，可略知春秋戰國之際諸侯各自立異、變亂古法之梗概。愙齋《古籀補》本欲追溯三代造字之源，還「古籀」之本眞，故嘗指許氏《說文》所採「古籀」之「不古」，然《古籀補》兼採陶、璽、貨幣文字，此殆愙齋亦不能自圓其說矣。

二、籀　文

籀文又稱大篆。《漢書・藝文志》曰：

> 《史籀》十五篇。自注：周宣王太史作《大篆》十五篇。建武時，亡六篇矣。

又曰：

> 《史籀篇》者，周時史官教學童書也，與孔子壁中古文異體。

《說文・敘》曰：

> 及宣王太史籀著《大篆》十五篇，與古文或異。

石禪師曰：「名爲《史籀》的十五篇書，即是名爲《大篆》的十五篇書。那麼，號稱

大篆這種字體，其字樣即存留於《史籀篇》中。同時，《史籀篇》是周宣王時太史名籀的人所作，因而這種篆體也名爲籀文或大篆」。此說沿自二千年前，從無異議；王國維乃疑之，曰：「戰國時，秦用籀文，六國用古文」、「古文者、籀文者，乃戰國時東西二土文字之異名，其源皆出於殷周古文」。林師景伊《文字學概說》頁 212 謂王氏之說未墻，潘師石禪撰〈史籀篇非周宣王時太史籀所作辨〉一文，載《新亞學報》五卷一期；王氏實未能推翻舊說。章太炎先生《小學略說》云：

> 自蒼頡至史籀大篆時，歷年二千，其間字體，必甚複雜。史籀所以作
> 《大篆》者，欲收整齊畫一之功也，故爲之釐定結體，增益點畫，以期不
> 致淆亂。今觀籀文，筆畫繁重，結體方正；本作山旁者，重之而作屾旁；
> 本作**火**旁者，重之而作**炏**旁。較鐘鼎所著踦斜不整者爲有別矣。此史籀之
> 苦心也。惜書成未盡頒行，既遇犬戎之禍。王畿之外，未收推行之故。故
> 漢代發現之孔子壁中經，仍爲古文。魏初邯鄲淳亦以相傳之古文書《三體
> 石經》。至周代所遺之鐘鼎，無論屬於西周，或屬於東周，亦大抵古文多
> 而籀文少。此因周宣初元至幽王十一年，相去僅五十年，史籀成書，僅行
> 關中，未曾推行關外故也。〔註5〕

太炎先生之說頗合於歷史眞相。石禪師引段玉裁之說及《漢書‧藝文志》證籀文之字數與秦篆相去當不甚遠——約三千餘〔註6〕，而《說文》中，凡小篆與古籀同者，則不複出古籀之形，故今人可確指之說文籀文惟二百二十五字耳。

　　知古籀之名義，而後可治《說文古籀補》，是以發端如上。下文中凡言古音某部，皆採陳師伯元三十二古韻部之說。本書撰述期間，承李師任之詳加指正，於中文大辭典編纂處供給海內外珍貴資料，連得此千載難逢之機，能不孜孜求學乎？在此特誌深深謝忱。又中央研究院歷史語言研究所傅斯年圖書館惠借特藏資料，在此一併誌謝。

〔註 5〕　章大炎：《國學略說》，頁 3 至 36。
〔註 6〕　書同註 1，頁 133。

第一章　作　者

　　愙齋先生本名大淳，後避清穆宗諱，改名大澂。清宣宗道光十五年（西元1835年）5月11日，誕生於蘇州府城雙林巷老宅（爲明金孝章先生春艸閒房遺址）。光緒二十八年（西元1902年）正月二十七日，薨於里第，享年六十八歲。

　　先生字止敬，又字清卿，號恆軒，又別號曰白雲山樵，曰愙齋。丙申以後又曰白雲病叟。其堂號室名頗多，曰止敬室、師籀堂、十二金符齋、八虎符齋、十六金符齋（李鴻章書額）、百二長生館（楊沂孫書額）、雙罍軒（俞曲園書額）、漢石經室（趙之謙書額）、兩壺盦（吳雲書額）、雙瓻屋（沈秉成書額）、十圭山房、五十八璧六十四琮七十二圭精舍、梅竹雙清館（因藏米元章畫梅、吳仲圭畫竹兩卷，故名。）、玉琯山房（翁同龢書額）、玉佛龕、鄭龕、瑤琴仙館、三百古鉢齋（潘祖蔭書額）、千鉢齋、二十八將軍印齋、辟雍明堂鏡室、龍節虎符館、百宋陶齋、寶秦權齋（王懿榮書額）等。

　　由吳愙齋之曾祖傳烈（字德初）始，其家譜如下：

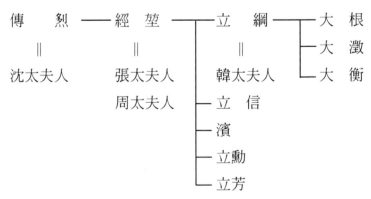

　　祖經堃、字厚安，號愼庵。父立綱，字康甫，號補堂。叔立信，字聽蕉。叔濱，字守約。叔立芳，字景和。兄大根，字培卿，號澹人。弟大衡，字誼卿，繼濱後。

愙齋有胞妹二，一歸表弟汪鳴鑾，一歸沈樹鏞爲沈氏繼室。

愙齋之母韓太夫人乃山東雒口批驗大臣韓履卿之女，刑部尚書桂舲之姪。三代皆以先生貴，封贈如官，妣皆一品太夫人。

據其自訂年譜，愙齋六歲入塾，與馮雲槎先生學。十歲始學對句。十一歲，與堂弟大彬受業於王遜甫先生門，距家不及半里，辰出酉歸。十二歲讀《五經》畢，十三歲始學作文。又學作畫，外祖韓履卿、小浮山人（潘曾沂）見而賞之，小浮山人亦爲題句，極嘉許。

十六歲（道光三十年）始學作賦。十七歲（咸豐元年）入泮，以第十三名入吳縣縣學。十八歲，赴金陵鄉試，薦而不售。遇陳碩甫先生（奐）于督學署，始學作篆。二十一歲始治宋儒理學，讀《近思錄》，作主一功夫。《自訂年譜》云：「始讀小學、《近思錄》，家大人喜讀薛文清《讀書錄》、呂子《呻吟語》，及先儒格言，每日手錄數則，勉以身體力行，立志向學，當自不妄語始。」顧廷龍撰《愙齋先生年譜》，引愙齋《自省錄》云：「猶憶二十一歲時，讀程子主一無適，即欲發憤做主一功夫，初覺得閒思雜慮驅遣不去者，無非是將迎心，沾滯心，偏重心。正在寫字時，遇有他事，此心仍在寫字上，正在作文時，遇有客至，此心仍在文字上，因心中有沾滯，覺應事便有偏重。不主一即不敬也。」

同治三年，愙齋三十歲。表弟汪鳴鑾中京兆試，愙齋與弟大衡下第歸。應江南鄉試，得第六名經魁，大衡第二百一名同榜中式。試罷歸里，肄業紫陽書院，山長爲德清愈曲園先生。同治七年，先生三十四歲，是年會試，先生中蔡以常榜第三名會魁。殿試洪鈞榜，第二甲第五名，朝考入選，欽點翰林院庶吉士。三十七歲授職編修。三十九歲，視學陝甘。四十四歲（光緒四年）辦賑。四十五歲備兵河北道。四十六歲，幫辦吉林。四十七、四十八歲，督辦吉林屯墾事宜。四十九歲，授大常寺卿，補授通政使司通政使。五十、五十一歲，會辦北洋，補授都察院左副都御史，使韓定亂。五十二歲（光緒十二年），勘界琿春。五十三歲，任粵撫，署河督。五十四歲至五十七歲，授河督，鄭工合龍，加兵部尚書銜。《愙齋年譜》引錢基博撰傳曰：「方是時，大澂盛負時譽，頗發抒意氣。見孝欽皇后寖驕侈佚樂，頗以醇親王帝父爲天下歸望也，使奄人風之，倡帝以天下養之說。……大澂夙與王善，治河有功，詔實授河東河道總督，賞加頭品頂戴，旋賜兵部尚書銜，寵命稠叠，自恃眷倚方隆，具疏請飭議醇親王稱號禮節。……意醇親王正名帝父，義當擁號歸邸。……疏草具，以視河南巡撫倪文蔚輒慫恿上焉。孝欽后得疏震怒，意尊帝父，即以傾己勢也。隨發鈔元年正月醇親王豫杜妄論一奏，嚴旨斥大澂覬名希寵，不容覬覦。」愙齋尊崇醇親王禮議一摺，被宣示豫杜妄論之辱。光緒十八年，五十八歲，授湖南巡撫。於

任內數舉善政，湘人頌之。張之洞與先生書云：「旌節蒞湘，不及三月，已頌聲大作矣。課吏，吏頌；恤士，士頌；復長夫，軍頌；辦會匪，民頌。以後事事迎刃而解，深爲欣尉，設施之明快簡爽，尤所佩服。」

光緒十九年，其家書與大兄云：「幸地方公事順手，公牘亦簡，山谷老人所謂豐年頗減簿書忙，亦居官一樂境也。弟遇事以和平處之，專心爲州縣遴選好州縣，州縣得人，則民間無不平之氣。久之，可以政簡刑清，自能感召天和，風雨時節，五穀熟而民人育。士習民風，亦漸有轉移變化之機；其機實驗之於一心，一心之主宰，亦不外公平二字而已。古名臣中，如范文正、歐陽文忠，其用心大略相同，有實心，乃有實政。」此實心實政之說與先生題胡文忠祠（胡林翼之父，胡雲閣達源也。）詩中所云：「世間萬巧不如實，人生百僞不如眞。」先後一貫。

光緒二十年三月間，朝鮮東學黨作亂，韓廷乞師往戡，爲天津條約之規定，照會日本，遣隊護僑。而日本決意有事於我，苛求刻責，又積極於軍事防布。雖俄、英、美出而調停，卒無端緒。於是六月二十三日豐島釁啓，二十五日交綏於成歡，戰禍以揭。時李鴻章方以北洋大臣綰海陸軍符，量度彼我，持重不欲戰。軍機大臣翁同龢以帝師號朝廷碩輔，其門下士文廷式、張謇之倫，力言北洋軍可恃，同龢意動跼躅，密以詢惷齋。惷齋因光緒八年督辦吉林屯墾之時，常親自操關防軍，亦嘗著《槍法準繩》一書，頗涉武事。及撫湘，又習湘軍諸將李光久、魏光燾、余虎恩輩，信湘軍可用，遂自請督赴前敵，爲北洋軍援。然惷齋實淺於嘗敵，未經戰陣，徒以嚴部勒、勤訓練，號解「馭兵」。

光緒二十一年二月，日賊取道牛莊，截取我軍輜重，湘軍初次接仗，輒即敗退，尋自劾。部議革職，得旨改爲留任，令還湘。言官交章糾彈，始開缺。

光緒二十二年，惷齋右臂受風，不舉。二十四年，就上海龍門書院山長之聘。未幾，慈禧太后惡其黨同龢，將追論失律罪，賴袁世凱營救，予罷斥，永不敘用。光緒二十八年，正月二十七日薨於里第，享年六十八。

惷齋平素抱負，恆以國計民生爲重。《自訂年譜》言二十一歲時：「時余在韓氏寶鐵齋，好集金石拓本，家大人戒之曰：『好古之士，恐以玩物喪志，與身心無益也。』因命手鈔程子《易傳》讀之。」顧廷龍撰年譜，引其日記云：「詩畫二事，皆余夙好，童而習之，然亦是玩物喪志，不足稱重，甚不欲以此見長。少陵云：『辭賦工無益』，昌黎亦曰：『餘事作詩人』，至於畫，則稱工、稱匠，縱使神乎其技，亦不過供人玩弄。『左相宣威沙漠，右相馳譽丹青』，前人能事，貽笑千古，曷足道哉？」光緒十六年，歲末除夕，惷齋檢一年所畫卷軸兩冊，仿浪仙祭詩故事，列畫陳祭，以尊酒酹之，倩友人繪除夕祭畫圖，而自爲之贊曰：「雕蟲小技，壯夫不爲，胡不務其遠且

大，而沾沾於茲？其用力亦勤矣，其志則卑。」

其志如此，是以數舉慈善事業。如二十六歲時（咸豐十年），賊寇進犯金陵，先生倡議捐米撫卹，並獨任吳縣北亨一下圖及元和縣利一上圖二處，勸捐購米，憑票給發，民心稍定。三十一歲時（同治四年），江北清水潭決口被災，難民紛紛渡江。蘇郡紳富，無倡留養之議者。府縣出示，令其自謀生路，並擬押送回籍，眾論譁然。先生因邀集郡紳，創議勸捐設廠留養，在城隍廟設立公所。同治十年，直隸亢旱成災，各省官紳籌捐助賑，愙齋於都中捐募七千餘兩，製辦棉衣一萬四千件，解往天津，散給災民（皆見於《自訂年譜》）。張之洞撰〈韓太夫人六十壽序〉云：「畿輔大水，順天保定爲尤甚，海口不及輸瀉，延袤四五百里。疏畫救災方略，奮然倡議，謀之京師貴人巨室，率錢數萬緡。先生付天津所司，助貧民饘粥襦袴之費。」又於同治十一年，躬辦永定河決口之賑務。皆此類也。

光緒三年，山西被災，愙齋參與賑務，見飢民流離滿道，奄奄一息，其自鳳臺至陽城途中有詩云：

> 單車問俗到陽城，絕巇重巒路不平。百里荒村無犬吠，半山殘雪少人行。
> 田廬多屬流亡户，父老惟聞歎息聲。忍死須臾待膏澤，明年有地爲誰耕。
> 挽粟飛芻臘正殘，區區何以慰飢寒。野多枯骨生人少，樹不留皮粒食難。
> 救火情憐循吏苦，望梅心喜聖恩寬。萬象性命存呼吸，吾輩盤飧愧未安。

此歲除夕，獨酌甕頭，僅存魚乾半尾，口占一律云：

> 山郡荒涼地，居然日兩餐。有魚供醉飽，無米救飢寒。夜半惟聞泣，門前
> 不忍看。聖恩期早逮，中澤共臚歡。

恆以生民爲念，洵良吏也。

光緒六年，幫辦吉林，時愙齋四十有六歲。有韓效忠者，於吉林之夾皮溝集聚礦工無慮四五萬人，邊外流亡皆歸之，人稱韓邊外，中旨斥之曰金匪。時國家苦地廣漠，邊兵不敷，朝議羈縻用之，無使資敵（俄國），遂以委愙齋。愙齋單騎入山，宣示朝廷德意，至誠相感，效忠遂降服，吉林因而無憂。

顧廷龍敍先生之政績云：

> 姓、塔一帶爲盜金鉅匪罪所萃，國家無勤捕禁絕之方者久矣；先生單騎入山，開誠招撫，而韓匪效忠，知感圖報，宵小於以斂迹，一也。邊壤沃腴，強鄰伺視，先生本屯田遺意，躬督墾殖，原野每每，以戍以耕，俾有備而無患，二也。三韓亂黨滋事，先生督隊彈壓，不受倭欺，樽俎折衝，力保藩屬，終不辱使命，三也。黑頂子地方與朝鮮僅隔圖們江一水，爲俄覬覦，先生所引爲深憂者；迨丙戌奉命勘界，運籌已素，於是黑頂子地方以及圖

門江諸地咸得爭回,四也。鄭河隄霸為前任靡帑弛工,久成盤沙之局,先
生持節馳驅,焦心擘畫,寢饋俱廢,不四閱月而告合龍,比舊例款撙六十
萬金,以實疏報,五也。甲午之秋,日寇迫切,各行省元戎皆作壁上觀,
先生獨以湖南巡撫毅然請纓,督師出關,遭主軍嫉妒,未奏膚功,而忠勇
之志終不可泯,六也。無錫許同莘跋先生電稿曰:『公生平治跡,如勘界、
塞河、恤民、興利、交鄰、弭患諸大端,略具於此。』甲午之役,……公
以客軍支撐其間,所部將士倉促應調,非素有恩義相結,其不能致死固宜。
議者不察,專以失律咎公,非持平之論也。

愙齋十八歲時遇陳碩甫,碩甫教以段注《說文》,每日讀二三十頁。鑽研《說文》
及有關《說文》之書頗蕃,皆見諸日記。三十四歲時,潘祖蔭囑愙齋、鶴巢（許廎
颺）、柳門（汪鳴鑾）校寫《說文》。是歲,愙齋點翰林。《恆軒所見所藏吉金錄・敘》
曰:「洎官翰林,好古吉金文字,有所見,輒手摹之,或圖其形,存于篋。」是其廣
事蒐集吉金文字,始於同治七年。既熟習許書,加之勤奮考究古器古字,於訓詁文
字之學,屢有創見,文采風流,熠耀京國。《說文古籀補》、《恆軒所見所藏吉金錄》、
《字說》、《愙齋集古錄釋文賸稿》、《十六金符齋印存》、《古玉圖考》、《千鈢齋鈢選》、
《權衡度量實驗考》、《愙齋集古錄》、《周秦兩漢名人印考》、《續百家姓印譜》等書
為考古著述中之已刊者,可謂成績斐然。

四十二歲得愙鼎於長安,因號愙齋。光緒二年四月四日在鳳翔試院,與陳介祺、
王懿榮書告得鼎事,並述所考:

近得一鼎,拓奉審定。帝考二字,彝器所未見,宗祀文王于明堂,以配上
帝,亦不稱帝考,惟微子為帝乙之子,武王封虞、夏、商之後,以備三恪。
《左氏傳》作恪,《說文》作愙。是鼎王為周𤔲,錫貝五朋,用為寶器。
從客从𠙶,當即愙字。鄙意愙、恪、𤔲疑皆客字古文變化,隨意增損,
三恪即三客,〈周頌・有客〉可證。〈振鷺〉詩我客,亦指二王之後。淺儒
分客愙為二字,備周愙而為帝考,其為微子之器無疑。……兄以重值得此
鼎,為所藏諸器之冠。（《年譜》引愙齋赤牘）

又作〈愙鼎長歌〉:

殷王元子周王臣,白馬翩翩來作賓,一鼎流傳廿八字,巋然四十九庚寅。
帝辛酗酒商俗靡,玉杯象筯今已矣。湯孫文獻有宋存,刪書不刪兩微子。
豈知闕里編詩年,商頌十二七七篇;況歷祖龍一燔後,壁經魚豕空拘牽。
尊彝文字相假借,馬鄭驚疑淵雲咤,摩挲一器幾千春,號盤齊罍今無價。
使者採風西入秦,披榛剔蘚搜奇珍;從此山川不愛寶,先民法物完如新。

分明帝考與周窸，許書從客左從各，爲宮爲格詞不文，非陳非杞器誰作？
三人成眾儼萋且，五朋錫貝豈穿鑿。當年抱器歸周京，修其禮物共粢盛。
王曰欽哉慎乃服，予嘉乃德降之福。乃祖成湯至帝乙，惟天丕顯罔不篤，
宗祀毋傷厥考心，遯荒尚賴明煙肅。克商下車始分封，兵球飾鉞追聲容，
上公象賢尹東夏，我客鷺振歌西雝，白牡已非故宮黍，翠虬猶拂景山松。
班爛紅紫土花鏤，蝌蚪佶屈非史籀，上述湯盤紀日新，下啓孔鼎銘佝僂。
孔鼎湯盤今莫徵，比于墓刻渺難憑，落落遺文等列宿，光芒上出飛虹騰。
吾聞海東之國有朴老，博聞好古今歐趙，衣冠文物殷遺民，願摹一本寄探討，貽爾子孫爲國寶。

窸鼎於窸齋卒後散出，轉歸膠西柯昌泗家。

先生書法遒麗。《清稗類鈔》徐珂（仲可）記其事云：

吳縣吳清卿中丞大澂工篆籀，官翰林，嘗書《五經》、《說文》。平時作札與人，均用古籀。其師潘文勤得之最多，不半年，成四巨冊。一日，謁文勤，坐甫定，即言曰：「老弟以後寫信，還宜稍從潦草，我半年付裱，所費已不貲矣。」越數日，復柬之曰：「老弟古文大篆，精妙無比，俛首下拜，必傳必傳，兄不能也。」

窸齋視詩畫爲餘事，而題詠卻不少。茲舉同治九年〈登西嶽蓮花峰紀遊詩〉四首於后：

危崖劈斷兩峰青，容我籃輿曲折經。十萬軍聲摧瀑布，幾重山色展雲屏。
欲捫星斗朝天去，不羨神仙採藥靈。笑與昌黎爭氣槩，芒鞵踏破莫須停。
振衣千尺絕塵氛，下界鐘聲上界聞。手撥亂泉凌峭壁，身沾濕翠入寒雲。
晉秦一角河流窄，洛渭雙條水色分。徙立蒼龍高處望，四山煙樹盡氤氳。
一峰陰樹一峰青，人在蓮花頂上行。腳立鼇頭纔憩息，盤空鳥道又縱橫。
天懸鐵索疑無路，地近銀河聽有聲。惆悵紅塵更回首，出山霖雨爲蒼生。
層樓傑閣勢穹窿，偶此棲遲萬慮空。流水到門飛作雪，古松橫澗怒生風。
閒餐薇蕨來方外，涼引藤蘿入夢中。一夜群峰都不見，白雲滿屋雨濛濛。

光緒十二年奉使勘界琿春，沿路題詠之作，見於《窸齋先生詩鈔》。

窸齋薨矣，俞曲園先生輓聯云：

詞臣雄領封圻，尚將古尺評量，白玉考求眞律琯。
老我感懷今昔，不獨故交寥落，紫陽非復舊巢痕。

又記云：

清卿以翰林起家，官至湖南巡撫，工篆籀，嗜金石。曾於秦中得玉琯長一

尺二寸，受一千二百黍，定以爲古黃鐘管，凡言黃鐘管長九寸者皆誤，所
言頗近理，余有長歌記之。同治初，余主吳下紫陽書院，君爲肄業生，今
君已故人，而紫陽書院規模大變矣。

又輓詞云：

書此聯已，意有未盡，又題滿江紅一闋：

同治初年，正大亂，削平區宇。有吳下紫陽一席，皋此叨據。文采風流吾
及見，升平景象今猶慕。算兩年黃卷共青燈，人文聚。　四十載，猶朝暮，
一轉瞬，成今古。歎故交零落，不堪重數。闕下《尚書》應白髮〔謂陸鳳
石尚書〕，湘中開府俄黃土。賸龍鐘八十二齡翁，悲前度。（見《春在堂集》）

翁同龢作輓聯云：

文武兼資，南海北海。

漢宋一貫，經師人師。

光緒二十九年十月，葬愙齋於吳縣支硎之原，乞俞曲園先生撰墓志銘。

愙齋之著作，除上述所舉外，尙有《吉林勘界記》，《皇華紀程》、《弟子箴言評
本》、《愙齋尺牘》，今已刊行。據《愙齋年譜》所述，另有未刊之書：《愙齋自省錄》、
《恆軒日記》、《續闕中金石記》、《秦漢磚瓦錄》、《石門訪碑記》、《古匋文字釋》、《簠
齋藏匋攷釋》、《三代秦漢古匋文字考》、《北征日記》、《簠齋藏封泥考釋》、《說文廣
義》、《古陶稽證錄》、《論古雜識》、《蜀中古刻補編》、《自訂年譜》、《吳中丞電稿》、
《愙齋詩存》、《愙齋家書》、《積古齋鐘鼎彝器款識校錄》、《愙齋奏議》、《愙齋文存》、
《愙齋題跋》。

第二章　《說文古籀補》之編纂體例

　　自宋而後，纂集金文字典之法有三：其一、按韻編次，當以呂大臨之《考古圖釋文》爲其嚆矢。此書，前有序說，次爲正文；用《廣韻》四聲編字，計分上平聲、下平聲、上聲、去聲、入聲五部分：附錄則分疑字、象形、無所從等三部分。正文、附錄共收八百二十餘字。作者於序中云：同一彝器，一字亦有數形，可左右反正上下不同，亦可繁可省，「古文筆劃非小篆所能該」。書中籀字列舉二三不同形體；異形多者，可收至十四五，如彝字、寶字皆是。按韻編次，多側重形、音而略于義。繼其後者，如王楚之《鐘鼎篆韻》、薛尚功之《廣鐘鼎篆韻》、金黨懷英之《鐘鼎集韻》、元楊鉤之《增廣鐘鼎篆韻》、吾丘衍之《鐘鼎韻》、清汪立名之《鐘鼎字源》。王、薛、黨、吾丘之書已散佚。今人按韻纂集甲骨金文，則有孫海波之《古文聲系》。清乾嘉間，《說文》之學鼎盛，成績燦然。愙齋深受影響，便將吉金銘文、古璽文、貨幣文、陶文集於一書，按《說文》部首編次，名爲《說文古籀補》。並謂此皆許氏未收之古籀資料，可校補《說文》者也。依《說文》部首編次者，乃編纂金文字典之又一途徑，愙齋實有創始之功。丁佛言之《說文古籀補補》、強運開之《說文古籀三補》均承其法；容庚之《金文編》尤爲此中佳著，漸臻完備精確之境矣。近年《漢語古文字字形表》條分古文字之異形，亦採《說文》部首編次。其三，略仿康熙字典之部首次序屬字，以《古文字類編》爲代表。此書未標示部首，編字亦與康熙字典不盡吻合。如使、事、吏之古文相同，因而合編一處；吾、敔古通，亦合編一處，不採前人所謂重見之體例，書末附以總筆劃檢字表。此書條析古文字之異構，並依時代先後排列，商朝甲骨文採五期分法，並有周甲骨；金文亦分爲商、周早、周中、周晚、春秋、戰國等五期。至如帛書、載書、符節、印章……莫不廣蒐博採。惜校對未周，時有譌誤。本編結論中略舉一二實例。

　　此外，明朱雲《金石韻府》清林尚葵《廣金石韻府》、閔齊伋《六書通》（畢弘

述篆訂)、畢星海《六書通摭遺》等以搜集漢印其他銘刻爲主，金文極稀。又如清莊述祖《說文古籀疏證》、林義光《文源》雖採集多量金文，然側重文字之考證，體例與金文字典有別。汪仁壽《金石大字典》、馬德璋《古籀文匯編》，徐文鏡《古籀匯編》以廣蒐博採爲能事，然或全部移錄他書，龐雜而多謬誤，不足取法。

上述三類字典，第二類創始於愙齋，容庚《金文編》承之：按《說文》次序編纂；《說文》所無之字附於各部首之末；一字有多種異構者，則依結構之特徵條分之；存疑字另成附編；說解字形、字音、字義之方式亦大體相仿。而容氏專採吉金彝銘，使別於陶、璽、錢幣……諸文字，於《古籀補》之外，另標一幟。《漢語古文字形表》、《古文字類編》二書廣收各類古文字，纂集成編，推其遠祖，自非愙齋莫屬。是《古籀補》一出，影響至於今，益見愙齋之不朽。本章擬探討《古籀補》全書編纂、用語之體例。

一、字序之建立

（一）依《說文》排字頭，欄中據形屬字

《說文古籀補》依《說文解字》之字序編成，欄上書《說文》小篆、《說文》古文、《說文》籀文（以「字頭」名之）；欄中陳列字形，依字形之特徵排比。以尊字爲例：

前四行相近，五、六、七行相近（*右上作八形*），八行相近（*右上角作H形*），九行相近（*左旁作彐形*），十行、十一行前半相近（*彐在右側，左上角作ㄇ形。*）十二行至十四行，爲其他異構，十五、十六行，又一異構。據形分析排比，無慮器物之時代先後，《金文編》仿此。而《古文字類編》後出，是以字形、時代兼顧。《古籀補》字頭之次盡依《說文》，而略有變動，如卷十二門部，《說文》之次第爲：門、閉、關閞、閘、閒，而《古籀補》之次第作門、閒、關閞，閉、閘。

（二）兼收《說文》所無之字

愙齋將《說文》所無之字分析部首，歸入許氏五百四十部首之中，分列於各部首之末，欄上字頭書以楷體以別於《說文》。總計一百三十一字頭，多爲鈢印文字。然乙未本頁 153 弟字爲《說文》所有，而誤書以楷體。

二、訓字條例

（一）只羅列字形，未解述字形、字義，蓋宗許說也。

列舉「古籀」字形以補《說文》之不足，斯乃《古籀補》成書之旨趣，蓋無需另作字義之訓解，故多陳列字形而已。亦可知凡此例者，皆宗許訓。以卷一爲例：一、元、丕、上、下、示、祿、福、神、祀、祖、祧、祝、三、瑕、士、壯、屯、每、熏、茅、蘭、蒲、艾、薺、董、蘱、荊、萃、蔡、芻、苛、芀、茶、莫皆是。

（二）若有解說，則或複述《說文》而從之，或更以己意以非許說

其有複述《說文》者，與前項同，宗許說也。如玉字下云：「玉，以一貫三玉，象形。」璧字下云：「許氏說：『璧，瑞玉圜也。』」䜌下云：「許氏說：『亂也。』兮白盤：『毋敢或入亂兮』」。此例甚多。至如許說與古文字不合者，則以己意說之。如王字下云：「王，大也，盛也，从二从山；山，古火字。地中有火，其氣盛也。火盛曰王，德盛亦曰王。」而《說文》云：「王，天下所歸往也。董仲舒曰：『古之造文者，三畫而連其中，謂之王。三者，天地人也，而參通之者王也。』孔子曰：『一貫三爲王』凡王之屬皆從王。」又如事字，《說文》云：「𡔳，職也。从史，之省聲。」古籀補云：「𡔳，古文事使爲一字，象手執簡，立於旂下，使臣奉使之義，此事之最古者。」其或有旁徵博引以發明一字者，每成文章，固不宜雜錯《古籀補》之中，以免體例不倫，遂旁附一書，專集此等文章，名曰《字說》，《字說》與《古籀補》實爲一體，不得偏廢。上述火字，實節錄《字說》之文句，簡短以入《古籀補》中。

（三）不採六書之模式規範文字

古文字字形之異構甚多，爲小篆所不能賅。以鑄字爲例：

（圖）	（大保鼎）	（圖）	（芮公鼎）	（圖）	（守簋）	（圖）	（取膚盤）
（圖）	（旅虎簋）	（圖）	（榮伯鬲）	（圖）	（鄷孝子鼎）	（圖）	（余義鐘）
（圖）	（虢弔盨）	（圖）	（居簋）	（圖）	（王人甗）	（圖）	（伯孝朔盨）
（圖）	（會忎鼎）	（圖）	（鑄子鼎）	（圖）	（中山王嚳壺）		

中有會意字，未能以一句「从某从某」以盡賅之；亦有形聲字，未能以一句「从某某聲」以盡賅之。又以獻字爲例：

（圖）	（獻編鐘）	（圖）	（獻壺）	（圖）	（散盤）
（圖）	（縣妃簋）		（沈子簋）		（王孫鐘）

同一字，其形體之反正，上下、左右皆可隨意變更，筆劃亦可隨意增減，由是愙齋不採許氏六書以規範文字。其或古字無稍變易，《古籀補》亦一概廢除六書之法則，例如《說文》謂璋字「从玉，章聲」，《古籀補》則曰：「从玉，从章」；又如環字，許氏曰：「从玉，睘聲」，《古籀補》但云：「从玉从袁」。古籀字體之未能劃一，有如上述，然愙齋盡棄許氏六書之說，自不免矯枉過正。六書之說亦能用以說解古籀文字，愙齋未察耳。

三、引書證及通人說

引書證、引通人說以論證古籀之形、音、義，大抵沿襲許氏舊法，所引書如下：（頁碼舉例於下）

易	頁 39	書	頁 17
書 孔 疏	頁 17	詩	頁 16
周 禮	頁 3	周 禮 鄭 司 農 注	頁 89
儀 禮	頁 23	釋 名	頁 91
禮 記	頁 91	漢 書	頁 166

左	傳	頁63	史 游 急 就 篇	頁296
春 秋	傳	頁41	水	經	頁261
周	書	頁21	經 典 釋 文	頁102
戰 國	策	頁136	古 文 四 聲 韻	頁303
國	語	頁139	薛 氏 鐘 鼎 款 識	頁76
論	語	頁264	論 語 皇 疏	頁264
江 聲 古 文 尙 書		頁71	荀	子	頁225
南海吳中丞筠清館金文		家刊本附錄頁30	爾	雅	頁274
攗 古 錄		頁316		

其引通人說如下：

賈 侍 中 （逵）	頁1	許 氏 （愼）	頁1
鄭 康 成	頁300	徐 同 柏	頁2
虞 翻	頁300	錢 宮 詹	頁12
徐 鉉	頁26	劉 師 陸	頁74
阮 相 國 （元）	頁17	楊 沂 孫	頁56
翁 閣 學 方 綱	家刊本附錄頁33	陳 介 祺	頁65
江 甯 周 文 學 槃	同右	張 之 洞	頁83
吳 東 發	頁81	沈 樹 鏞	頁153
張 廷 濟	頁48	王 懿 榮	頁262

　　上述「通人」中，陳介祺、張之洞、沈樹鏞、王懿榮爲愙齋之師友或姻親，交往甚密。其引通人說，大多引而是之，然亦間有引而非之者，舉例如下：

　　𣂩，小篆作𣂠。許氏說：「對或从士，漢文帝以爲責對而爲言，多非誠對，故去其口以从士也」，今彝器對字多从坐，不从口，許說非也。〔註1〕

　　𢻸，許氏說：「改，更也」，「攺，殳攺大剛卯以逐鬼魃也」，此漢時之異解，疑古文改、攺本一字。〔註2〕

　　㣇，从辛从犬，當即豪字。小篆从豕，許氏說：「豕怒毛豎」，毅字从此。毛公

〔註1〕　吳大澂《說文古籀補》，乙未本，（臺北，商務印書館，《國學基本叢書》），頁38。
〔註2〕　書同注1，頁58。

鼎：「金𡥈金豪」，徐同伯釋作金柅。〔註3〕

𣲖，散氏盤：「自𣲖涉以南至于大沽」，阮相國釋作澫，非是，當即湇字。許氏說：「湇水出北蹖山入邝澤」。〔註4〕

清沈曾植《海日樓雜叢》云：「吳氏爲《說文古籀補》，……然以不喜《汗簡》、《古文四聲韻》之故，并二書所出之三體石經而非之，遂并《說文》所載古籀而非之，上及壁中古文而亦非之」，此非持平之論。《說文》所載古籀與三代彝銘合者甚夥，愙齋何嘗悉數非之？《說文》所載古文多爲七國文字，沈氏不之知也。愙齋不收《汗簡》、《古文四聲韻》之字，以其未有實物相佐證。迄乎《古籀補》之刊成，而三字石經之殘石方才出土，是愙齋不取《汗簡》、《古文四聲韻》之三體石經，審慎使然也。王國維謂此二書所載之三體石經頗有《尙書》、《春秋》、《左傳》三經所無之字，殆未可盡據。而夏氏之書或有可取，《古籀補》亦嘗徵引，如：𤇺，叔家父簠：「愍德不亡孫子之𤇺」，疑古光字。《古文四聲韻》「光」作𤇺。〔註5〕

四、採用「重見」、「假借」之體例

段玉裁注《說文解字》，於字形、字音、字義之關係，立論精當，以爲造字之次第乃：「有義而後有音，有音而後有形」。

古初未有文字，而不能無聲；聲必由義發，因而聲在義在；職是之故，及有文字，聞其聲得以曉其義。於自然之語音，則可謂「聲義同源」，於文字之音義，則可謂「凡从某聲多有某意」，文字孳乳之眞相乃大白。例如《說文》云：「句，曲也」，爲屈曲之義，後人加以各類偏旁，同爲屈曲之物，實可互相別異：曲鉤曰鉤，曲竹捕魚器曰笱，曲足不伸曰跔，曲羽曰翑，曲瘠曰痀，老人背曲曰者，曲木曰枸，曲刀曰劬，草曲曰苟。文字孳乳之脈絡清晰可尋。方其尙未大量孳乳，惟以一聲符統之（如「句」字），後世因應繁複之社會，勢必孳乳不斷，加偏旁者與日俱增。

三代彝銘中，文字孳乳及未孳乳者兼而有之，未孳乳（未冠以專類偏旁）之字或至許氏《說文》之時已孳乳分立，此《古籀補》「重文」（客庚《金文編》稱爲「重見」，較允當。爲別於許氏《說文》之「重文」，下文悉從容氏，改稱「重見」。）體例所由生焉。以卷一爲例：

丕（丕）：「不字重文」。

示（示）：「祁下重文」。（按：此《金文編》無）。

〔註3〕 書同註1，頁156。
〔註4〕 書同註1，頁178。
〔註5〕 書同註1，頁303。

祿（䘵）：「彔下重文」。

祖（祖）：「且字重文」。

祗（祇）：「妣字下重文」。（按：此字形不可以言重文。）

每（𣫍）：「敏下重文」。

每（𣫍）：「母下重文」。

熏（𤎭）：「纁字重文」。

葉（葉）：「枼字重文」。

與此八例對應者如下，試作比照：

不（𣎑）：「古文以為丕字，丕字重文」。（卷十二頁 187）

祁（示）：「古祁字省文，空首幣。示下重文」。（卷六頁 100）

彔（彔）：「古文以為福祿字」（卷七頁 116）

且（且）：「古文以為祖字」（卷十四頁 228）

妣（祇）：「妣祖从示，皆六國時字」（卷十二頁 196）

敏（𣫍）：「亦通每，每下重文」（卷三頁 50）

母（𣫍）：（無說）（卷十二頁 195）。

纁（𤎭）：「熏字重文」（卷十三頁 211）

枼（枼）：「古葉字，象木之有枝葉也」（卷六頁 92）

　　愙齋所謂「某字重文」，意即「重見」，此當為孳乳之專用語，與通假迥別。然而，若字形略同而實異，愙齋偶將孳乳、通假混為一談，不曰「通作某」，乃謂「某字重文」，如上述妣字寫為祇，乃假祗為祖妣字，非孳乳也，此其一。再者，文字孳乳，固有先後、母子之別，愙齋一概謂之「重文」，孳乳者與被孳乳者不分，編者固不譜其體系，讀者亦茫茫不辨矣。容庚《金文編》晚出，一革此弊，假借、孳乳劃然不混；言孳乳，用語明確而嚴格，孳乳者與被孳乳者，一望而知。《金文編》凡例曰：

> 《說文·敘》云：「倉頡之初作書，蓋依類象形，故謂之文，其後形聲相益，即謂之字；字者，言孳乳而寖多也」。故知古人造字，初有獨體之文孳乳而為合體之字。其見於金文者，文多而字少，如各為格，乍為作，䜌為鑾旂之鑾，又為蠻夏之蠻，皆竟稱「孳乳為某」，分隸兩部，注明某字重見。

即以上述諸字為例，《金文編》用語如下：

丕（𣎑）：「不字重見」。（一卷頁 2）

不（𣎑）：「孳乳為丕」。（十二卷頁 1）

示：（《金文編》無）。

祁：（《金文編》無）。

祿（祿）：「彔字重見」。（一卷頁 3）

彔（彔）：「孳乳爲祿」。（七卷頁 18）

祖（祖）：「且字重見」。（一卷頁 5）

且（且）：「孳乳爲祖」。（十四卷頁 7）

祉（祉）：「通妣」（一卷頁 5）

妣（𠤎）：「匕字重見」（十二卷頁 16）按：此處亦收祉字，容氏曰：「祉字重見」，不如改爲「借祉爲妣」，此乃小疵。

每（每）：（與敏字無涉）（一卷頁 13）

敏（敏）：（每，敏無涉）（三卷頁 33）

每（每）：「省作母」。（一卷頁 14）

母（母）：「無說」（十二卷頁 15）

熏（熏）：「孳乳爲纁」（一卷頁 14）

纁（纁）：「熏字重見（十三卷頁 2）

葉（葉）：「枼字重見」。（一卷頁 15）

枼（枼）：「孳乳爲葉」（六卷頁 5）

　　「重文」（重見）之體例，愙齋首用於《古籀補》，雖未能知孳乳之脈絡，用語未臻精當，然字形之歸屬及編排，大致妥貼，爲容庚《金文編》所沿用。其可商榷者，尚有如下數端：

　　（一）言「重文」而無孳乳之實，「重文」一語當刪者：如介與匄，博與薄，鄲與虢，簠與筐，韠與必，射與斁，牌與陴，淖與朝，露與潞，雩與粵，招與紹，甗與獻。以上或因聲韻相同而通作，與孳乳別異，當云通假，不當云「重文」。絲、茲、兹三字未允，其誤與上述匕、祉、妣之例略同。

　　（二）有重見之實，而無標音：此蓋疏忽使然，舉例如下：

　　　　（1）穌字下穌、禾二形兼俱，見於頁 28；禾字下收禾一形，見於頁 166，穌字下當云：「禾字重見」。

　　　　（2）識字下收戠形，見於頁 34；戠字下亦收戠形，見於頁 202，識字下當云：「戠字重見」。

　　　　（3）師字下𠂤、𠂤二形兼俱，見於頁 94；𠂤字下收𠂤一形，見於頁 232，師字下當云：「𠂤字重見」。

　　（三）無標示「重見」之名，且無分立字頭者：舉例若干條：

（1）福字下收 、福二形，見於卷一；不言「畐字重見」，卷五亦無分
　　立畐字字頭。

（2）唯字下收唯、 二形，見於卷二；不言「隹下重見」，卷四亦無
　　立隹字字頭。

（3）諨下收 、 二形，見於卷九；不言「負字重見」，同卷亦無分立
　　負字字頭。

（4）劍字下收鐱、 二形，見於卷四；不言「僉字重見」，卷五亦無分
　　立僉字字頭。

至如字形之歸屬亦小有可商，《古籀補》於重文歸屬之體例未能嚴謹，時依隸定
而歸屬，時依銘文用義而歸屬，以「諸」「者」二字爲例，《古籀補》之編排如下：

| 諸 | 古文以爲諸字 教 | 子白盤諸侯百姓 | 諸女觸 | 方尊 | 陳侯因脊敦 |
| | 諸女匜 | 諸汿鐘 | 鉅中簠諸友如此 | 陳子禾子釜 | |

| 者 | 古文以爲都字戒都鼎都字重文 | 古文以爲諸字兮白盤諸字重文 | 王孫鐘 |

「諸」見於三卷頁 34，「者」字見於四卷頁 57。此依文義用字而歸屬，非依隸
定歸屬。又以祖、且二字爲例：

| 祖 | 齊子仲姜鎛祖如此　且字重文 |

且	古文以爲祖字盂鼎	散氏盤	祖辛父庚鼎	子祖辛尊	子執旂祖乙卣恭
	子執旂祖乙卣器	祖乙父辛卣	螯作祖辛爵	孫組乙觚	趨尊
	山祖丁爵	子申祖乙爵	鼎子孫祖己角	且有足者古祖字象形古文祖組爲一字祖戊觶	
	王孫鐘	邢人鐘	亞形祖乙卣	買敦	祖丁卣
	古助字借爲祖考之祖師虎敦助字重文	郜公簠	邵鐘	齊子仲姜鎛祖字重文	

　　祖字見於一卷頁 3，且字見於十四卷頁 228。「且」字下祖篆（齊子仲姜鎛）當刪。祖、且之編排方式與諸、者二字相異，此依隸定歸屬，而非文義用字歸屬。容庚《金文編》一依隸定歸屬，修正《古籀補》參差之失，堪稱一大進境。

　　通借者，借用聲音相同、相近之字以爲用也，無慮字形之差異。古人爲文，常以同音字相假借，《古籀補》中「假某爲某」、「借某爲某」者是也。愙齋極推崇《經典釋文》，體認亦極深刻，《愙齋集古錄・序》曰：

> 故求之《說文》而不可通者，往往於《經典釋文》得之。想陸德明去古未遠，當時所見古書必有所據也。如徐之古文作邾，他書所不見也；《周禮》雍氏注：「伯禽以出師征徐戎」，《釋文》：「劉本作邾」，今沇兒鐘、魯公伐邾鼎可證也。古來字，或从辵，他書所未聞也；獨《爾雅・釋訓》：「不誐不來也」，《釋文》：「來作徠，又作逨」，今散氏盤、單伯昊生鐘可證也。鶨字他書所無也；獨《爾雅》：「鷹來鳩」，《釋文》：「來本作鶨，今敔文鷄字可證也。古曙字與歔通，他書不經見也；《書敘》：「往我歸歔」，《釋文》：「本或作曙」，今邵鐘「余歔綏武」可證也。古韔字作𢎜，亦通𢎩，它書未之見也；《詩・閟宮》傳：「重弓重於韔中也」，《釋文》：「𢎩本作韔」，𢎜與𢎩形相侣，今毛公鼎、彔伯戎敦、吳尊蓋𢎜及邵鐘𢎩字可證也。古吳字通虞，它書不經見也；《公羊・定四年》：「帥師伐鮮虞」，《釋文》：「虞本作吳」，今虞司寇壺、師酉敦吳太廟可證也。古文無无亡三字通用，《左氏傳・襄廿七年》曰：「棠無咎」，《釋文》：「本亦作無」；《左氏傳・昭二十年》：「無縱詭隨」，《釋文》：「無本作毋」，今彝器萬年無疆可證也。古文驅、歐爲一字；《詩・小弁》箋：「有先歐走之者」，《釋文》：「歐本作驅」；《禮記・郊特牲》注：「索室歐疫」，《釋文》：「歐本作驅」，今師震敦「歐孚士女牛羊」可證也。凡彝器中古字見於《釋文》者甚多，然則謂陸德明爲古籀之功臣可也。

陸德明《經典釋文》存古文極夥，愙齋之說是也。以《尚書釋文》爲例，自宋開寶五年陳鄂刊定《尚書釋文》，而陸氏古文音義之眞面目盡失。《文獻通考・經籍考》引《崇文總目》云：

> 皇朝太子中舍陳鄂奉詔刊定《尚書釋文》。始開寶中，詔以德明所釋乃古文《尚書》，與唐明皇所定今本駁異，令鄂刪定其文，改從隸書。蓋今文自曉者多，故音切彌省。

清末敦煌寶藏中發現《尚書釋文》殘巷，存〈堯典〉、〈舜典〉二篇，〈堯典〉一篇復有殘闕，今藏巴黎國家圖書館。涵芬樓秘笈及吉石盦叢書嘗印行。潘師石禪〈敦煌

唐寫本尚書釋文殘卷・跋〉曰：

> 大抵《釋文》一書經宋人校定，惟《尚書》音義刪改最多；而《尚書》音義又以〈舜典〉一篇受禍爲烈。今此卷雖殘裂，無以見《釋文》原本之全，而〈舜典〉獨爲完篇，使段王諸儒晻昧危疑冥心苦索而不得其解者，一旦豁然昭晰。……斯誠經苑之琦珍，東序之秘寶也。至其文字音義，與今本異同，足資考訂者，如寅餞之作寅淺，能存衛包未改之眞；饕音吐刀反，足正今本之誤；如五器注引費甝之解，可補鄭讀之遺，類此者不一而足。眞所謂殘膏賸馥，沾丐無窮者矣〔註6〕

石禪師於文中有「涉及古文而爲開寶校定《釋文》諸人所刪改者」一段，舉例於后：

其全刪者：

〈堯典〉篇有：

業古表字說文古文作麟　裕加百反古作㕁　晙本文作儁皆古俊字　悳古德字　无古既字　睦古文作舂　彭古變　乕古文辰　教　授
中旾古春字古文作旹　朔古玥字尒疋云北方　𠃊古方字　昴徐又音茅古文作卯　中冬古作㚵古文作奧也　咨女音汝　𠂇古有字　定
如字古文作壬說文以壬爲古文正字也　戚古成字　𢦏古歲字　度古庶字眾也　登庸古作𦩎　叄古齊字齊臣名也　𡥈古文子　启
古文啓字開也　𠣏救音鳩聚也　㓛古功字　彭古靜字謀也　言古作㕣□　三嵒古岳字　创古割字害也　裹古懷字苞也　𠢑
古襄字上也　陵古作䧄大阜曰陵　开古其字　𠂇耐古能字　乂音刈治也下同　才古哉字作才若才能之字則從木他皆放此　毀敗必邁反　徃
古往字古文作𨓜　績㕥古文用字　弜古弗字　女耐音汝　敩古揚字學也　仄字又作仄古側字　師或作帀眾也古文作𠂤　予耆
古聞字說文古作𦖞無此耆字　無目曰瞽一本作無目眹音直忍反　不能別彼列反又一本作不能分別　刑于古刑字法也　嬀水居危反　諸條。

〈舜典〉篇有：

𡴀字又作㞢古之字　𡋯古使字　𠈌古嗣字　嶮本又作𡷡古諸字　作舜典此下或更有舜典題者非也此篇既是王注應作今文相承以續孔傳故亦爲古字　昚古愼字
㐅古文五字又作㐺　內兮音納下同　敷：古穆字古文作𤋱美也　㓫古列字　靁古雷字　雨古作𩂣　格女音汝注及下皆同　丂
古考字　女陟古文作俲　攘于昔讓後同　受𦤎本又作𠅃皆古終字說文作兵　玉奧古衡字平也　肆音四字王云次也馬云故也　䫜字文作隋古類字
遍兮古遍反　𥛝古神字又作𥜋　𡐓于古至字　攸音脩　乂礼古文禮　如乂器並依字費甝云鄭讀如音乃佐反　卒子恤反終也後皆同
歸古歸字　奏如字又作奉古文作敼　𡍮古封字古文作𡍮　汖古流字放也　𠬝古文鞭字必䉶反　金古金字　贖刑徐音樹刑　災
本又作災皆古灾字害也說文云災籀文𢦏字也灾或𢦏字也古文作秋　𡻕山古崇字　三皋古文罪字從自辛秦始皇以其似皇字改從罓非之也　三𣲆古海字　舜裕庚百反至也
𠊊才古食字　耐迩古文邇音迩近　衞古衛字　舟古文服字　𢡟古文惠字順也　柏古文此爲伯仲字　命古禹字說文古文作𠈋　女平
音汝後皆同　𢷎古拜字說文以爲今字云古文作𢷎又作𢷾今本止作拜字　稷古稷字官名也　𠔁音羔　弃古棄字后稷名也　餕古飢字　不遜音遜順也　殳音殊
艸本又作屮古草字　柏目伯夷臣名也馬本作伯　咨柏本或作咨伯夷舊本皆無夷字　女秩宗本或作女作秩宗作衍字　夙本又作𠈇古夙字早也　夙本又作夙
古夜字　竜本又作蕽古龍字臣名　但古剛字古文作信　而亡音無古文無字皆亾亾失之字作亾從人　㒦古蘭字　亡寡五報反　詍古詩字　言忠
古志字　哥古歌字　奪倫如字或作古敓字　石古作后磬　衛翌古舞字　內言音納下同　二十ナ二人禹垂益伯夷䕫龍六人四岳十二牧

〔註6〕　潘重規：〈敦煌唐寫本尚書釋文殘卷・跋〉，《學術季刊》第三卷第三期。

凡廿
二人　㲄^{古文}^{作㲉}　諸條。

其改易者（今本《釋文》附當條之下）：

〈堯典〉篇有：

暘^{古陽}^字（暘^音^陽）　寅^{古文作夤音夷徐又}^{以眞反敬也下同}（富^{徐以眞反又}^{昔夷下同}）　爲^{五禾反}^{化也}（南訛^{五禾}^反）　寅淺^{注作餞同}^{（下有殘缺）}

（餞^{賤衍反馬云滅}^{也滅猶沒也}）　毨^{古洗字先典反理也說文云仲秋鳥}^{獸毛盛可選取以爲器用也讀若選}（毨^{先典反說文云仲秋鳥獸}^{毛盛可選取以爲器用也}）　托^{古陶字於六反}^{室也馬云煖也}（陶^{於六反馬云煖也}）

氀^{本又作氄又作毧如勇徐又而充反又如充反謂濡}^{毳細毛也馬云溫柔兒說文作毪人尹反云毛盛兒也}（氄^{如勇反徐又而充反又}^{如充反馬云溫柔貌}）　臮^{其器反}^{與也}（暨^{其器}^反）

替^{本又作朁皆古替字居其反}^{說文作朁又復其時期也}（朁^{居其反}^{下同}）　旬^{似遵反十日爲}^{旬古文作旬}（旬^{似遵反十}^{日爲旬}）　允釐^{本亦作釐力}^{之反理也}（釐^{力之}^反）

熙^{古文熙字許其反}^{廣也馬云興也}（熙^{許其反}^{興也}）　弓^{古疇字}^{誰也}（疇^{直由}^反）　胤^{古文胤字引信反}^{國名馬云嗣也}（胤^{引信反馬}^{云嗣也}）　吁^{況于反疑}^{怪之辭}

也徐又往付反一音于古作旱說文作亐（吁^{況于反徐往}^{付一音昔于}）　罍^{古罍字魚巾反}^{言不忠信爲罍}（囂^{魚巾}^反）　鵬^{古驩字}^{呼端反}（驩^{呼端}^反）　兜^{古兜字丁侯反}^{驩兜臣名也}

（兜^{丁侯}^反）　浩浩^{胡老反}^{古作澔}（浩浩^{胡老}^反）　骼^{古鮌字故本反崇伯之名}^{馬云顓頊之子禹父也}（鮌^{故本反馬}^{云禹父也}）　否惪^{音鄙又方}^{九反不也}（否

方久反不也又音鄙）　日𠂤舜^{虞氏舜名也馬云舜諡也舜死後}^{賢臣錄之臣爲諱故變名言諡}（虞舜^{虞氏舜名也馬云舜諡也舜死後}^{賢臣錄之臣子爲諱故變名言諡}）　㒵^{古教字}^{五報反}（傲^{五報}^反）

姦^{古奸字說}^{文作㤔}（姦^{古顏}^反）　嬴^{字又作嬴居}^{危反水名}（嬌^{居危}^反）　汭^{音汭如銳反水之內也杜預}^{注左傳云水限之曲曰汭}（汭^{如銳反水之內也杜預注}^{左傳云水之限曲曰汭}）

嬪^{本又作妼皆古嬪}^{字妼眞反婦也}（嬪^{妼人}^反）　諸條。

舜典篇有

難^{古難字}^{乃丹反}（難^{乃丹}^反）　日碧乩古帝舜日重華協于帝^{此十二字是姚方興所上孔傳本阮孝緒七錄亦云然方興}^{本或此下更有濬悊文明溫恭允塞玄德升聞乃命以位}

凡廿八字異聯出之於王注無施（日若稽古帝舜日重華協于帝^{此十二字是姚方興所上孔傳本無阮孝緒七錄亦云然方興本或此}^{下更有濬悊文明溫恭允塞玄德升聞乃命以位凡二十八字異聯出}

於王注無施也）　刧^{古從}^字（從^{才容}^反）　大麓^{古文麓字王云錄}^{也馬鄭云山足也}（麓^{音鹿王云錄也}^{馬鄭云山足也}）　正月^{音政又音征說}^{文古作正月}（正月

音政又音征）　𠁅祖^{古文祖字古示邊多作爪後放此王云文祖廟名}^{也馬云天也天爲文萬物之祖故曰文祖}（文祖^{王云文祖廟名馬云文祖天也}^{天爲文萬物之祖故曰文祖}）　玷^{玷璿字音旋美}^{玉也馬本作瓊}

（璿^音^旋）　上帝^{王云上帝天也馬云上帝太一}^{神在紫微宮中天之最尊者}（上帝^{王云上帝天也馬云上帝太}^{一神在紫微宮天之最尊者}）　楫^{徐音集反}^{也馬云斂也}（輯^{徐音}^{集反}

云合馬云斂也）　柴^{仕佳反說文作祡此木云燎天祭也古文作襑爾定云天日燔祡}^{馬云祭山日祡積祡加牲其上而燔之也今經典並止作祡薪字}（柴^{士皆反《爾雅》祭天日柴馬}^{云　時積柴加牲其上而燔之}）　庀^{古度}^字

尺也說文以爲古文宅字（度^{如字丈}^{尺也}）　奠^{稱也古}^{音衡}（衡^稱^也）　摯^{本又作贄}^{至所執也}（贄^{音至本}^{又作摯}）　十广^{如字徐}^{于救反}（十有^{如字徐}^{于救反}

藝^{魚世反又馬}^{王云䎡也}（藝^{魚世反又馬}^{云䎡也}）　三輪^{直遙反注同馬王皆云四面朝於方岳}^{之下也鄭云四朝四年一朝京師也}（四朝^{直遙反注同馬王皆云四面朝於}^{岳之下鄭云四朝四年朝京師也}）

敄^{古敷字音}^{孚陳也}（敷^音^孚）　十二凬^{古文州字謂冀青兗徐}^{荊楊豫梁邕弁幽營}（十有二州^{謂冀兗青徐荊楊}^{豫梁雍弁幽營也}）　濬川^{荀俊反}^{深也}（濬^深

荀俊反）　苻^{普卜反徐敷卜反字}^{又作笰注同楚苻}（扑^{普卜反馬}^{敷卜反}）　怗臯^{音戶}^{特也}（怙^音^戶）　郇才^{峻律反}^{憂也}（恤^{峻律反}^{憂也}）　鵬

驩<sup>驩^{呼端}^反）　兜^{丁侯}^反）　弌^{古文}^{三字}　苗（^三^苗）　骼^鮌^{故本}　如空^{古作窒如字}^{又息反}（喪^{如字又}^{息浪反}

辟^{本又作關婢亦反徐甫}^{赤反開也說文作閞}（關^{婢亦反徐}^{甫亦反}）　障^{本又作幛皆元}^{古敦切厚也}（障^音^敦）　壬人^{如字又而鴆反}^{注人佞同人反}（任^{音壬又}^{而鴆反}）　㮈

才^{古茂字王云}^{勉也馬云美}（懋^{音茂王云勉}^{也馬云美也}）　譜^{古稽字}^{音啓字}（稽^音^啓）　𩠐^{古首字稽首首至}^{地臣事君之禮}（首^{稽首首至地}^{臣事君之禮}）　卨^{古文}^{作㒾}

皆古字息列反臣名也（契^{息列}^反）　繇^{音繇卦}^{臣名}（陶^音^遙）　咀^{本又作阻莊呂反王云}^{難也馬本作俎云始也}（阻^{莊呂反王}^{云難也}）　㜀^{古文}^{作㜭}

佐也敷也字又或作敫亦古播字（播^{波左}^反）　姦宄^{字又作宄古文}^{作宄皆音軌}（宄^音^軌）　崟^{本又作番皆古垂字如}^{字臣名也徐一音睡}（垂^{如字徐}^{音睡}）　柏

與 ^{音餘伯 與臣名}（伯與 ^{下音 餘}）　莃 ^{字又作莃古 益咎繇子名}（益 ^{皋陶 子也}）　罷 ^{彼皮反古 文作罷}（罷 ^{彼皮 反}）　蘷 ^{求龜反 臣名也}（夔 ^{求 反}）

胄孚 ^{直又反王云胄子國子也馬 云胄長也教長天子之子弟}（胄 ^{直又反王云胄子國子也馬 云胄長也長天子之子弟}）　槀 ^{古栗字字又 作䩞戰栗也}（栗 ^{戰栗 也}）　聖 ^{徐音在力疾也 說文才尸反}

^{云古文 字疾惡}（聖 ^{徐在 力反}）　弥 ^{古文 作弓}（殄 ^{《切韻》 徒典反}）　帝董 ^{本又作蘁字力之 反馬云賜也理也}（蘁 ^{力之反馬云 賜也理也}）　分臂 ^{方云反徐 扶問反}

（分 ^{方云反徐 扶問反}）　秾 ^{於庶反賜也 亦書篇名也汨作等十一篇共同此序其文皆亡而序與百篇之序同編故存今馬鄭之徒百篇之 序總為一卷孔以各冠其篇首而亡篇之序亦隨其次弟居見在之間眾家經文並盡此唯王注本下更有汨作九}

^{共故逸故亦 作古文也}（飫 ^{於庶反橐飫亦書篇名也汨作等橐飫十一篇同此序其文皆亡而序與百篇之序同編故今馬鄭之徒百篇之序總 為一卷孔以各冠其篇首而亡篇之序即隨其次第居現存者之間眾家經文並盡此唯王注本下更有汨作九共故逸}

^{故亦 作古}）諸條。

凡此皆涉及古文而爲開寶校定《釋文》諸人所刪改者也。

以上或存古文眞貌，或存古文之叚借現象。（龔向農《釋文殘本攷證》，詳於文字，華西大學印行）。因《釋文》之啓發，《古籀補》多見通叚之例；《字說》一書備引例證，相輔而行，不乏創獲。

五、分立附錄

《古籀補》之凡例曰：

　　舊釋有可從而未能盡揚，己意有所見而未爲定論者，別爲〈附錄〉一卷。

　　是而正之，以俟後之君子。……心知其非，不能求其是者，列入〈附錄〉，

　　古文奇字不可識者，亦并附焉。

此其審愼者也，容庚《金文編》承之。《古籀補・附錄》中字，以彝名爲次第，以盂鼎銘文爲首，而毛公鼎，而散氏盤……。容氏《金文編・附錄》則分上下編；圖形文字不可識者爲〈附錄上〉，形聲之不可識者、考釋猶待商榷者爲〈附錄下〉。〈附錄上編〉依圖案特徵爲次第，附錄下編以所從偏旁相次，屬字編排與《古籀補》異。

第三章　家刊本與乙未本之比勘

第一節　家刊本與乙未本簡說

　　《說文古籀補》一書創稿於何時已不可攷。惟自同治戊辰入詞林以後愙齋始勤於古器及古文字，故著手則必在其後無疑。光緒六年屯防吉林，明夏編至十一卷，其壬午二月與〈王懿榮廉生書〉言：「此間近事無可述，惟勸農治事，馳驅鞅掌；頭緒紛紜，日不暇給。古文字輒置高閣，或數月不觸手，《說文古籀補》編至第十一卷。去夏至今，未續一字，不知何日成書矣。」又《北征日記》言「癸未二月二十五日始寫《說文古籀補》以付梓」；則其脫稿，疑在壬癸之間，六月書成，交佛常濟一手鐫板，又書〈附錄〉，於八月初戳事。明年（光緒十年甲申），全書始刊成。凡收一千零九十三文，重二千三百六十五文；〈補遺〉六十二文，重三十八文；〈附錄〉五百四十二文，重一百四十二文，合計四千二百四十二字。分爲正編十四卷、〈補遺〉一卷、〈附錄〉一編。訂凡例十二條，潘祖蔭，陳介祺爲之作序。當時手寫付梓，刊印甚精，有美濃紙耿絹面者爲最初印本。剖厥氏佛常濟，遼東人，藝事至精，既而粗傳書法，亦不惡。《古籀補》之刻，尤能絲毫不爽。

　　光緒二十一年，於湘中增訂重刊，有云：「夏秋間，增輯古籀補一千二百餘字，有前編所遺漏者，亦有近年續見之古器古鉥，因在湘中重刊剖厥，以供同好。」計收一千四百一十文，重三千三百六十五文；〈附錄〉五百三十六文，重一百一十九文，合共五千四百三十字。此次刻板，並將〈補遺〉一卷改入正編，又增加六十三文，總計五千四百九十三字，較之初刊本，加補一千二百五十字，此則今通行之本也。前者簡稱家刊本，後者簡稱乙未本。乙未本既成，愙齋又嘗從事增補，未幾右手病

風，此次補板是否增入今之乙未本中，則不得其詳矣。

家刊本於民國八年與《恆軒所見所藏吉金錄》同時重印，亦因收藏不慎，蠹毀殆盡。蘇州振新書社嘗據之付石印。今台北藝文印書館合之以丁佛言《說文補籀補補》、強運開《說文古籀三補》，通行於世。後《金文詁林》摘錄《古籀補》文句，亦使用藝文印書館之家刊本。乙未增訂本爲丁福保《說文詁林》所採用，今由商務印書館收入國學基本叢書中印行。

第二節　乙未本之特色

《古籀補》家刊本與乙未本並行於世，又先後分別收入《金文詁林》與《說文詁林》之中，用之者不得不明察其間差異。茲將乙未本之特點條述如后：

一、將家刊本之〈補遺〉移入正編

家刊本正編十四卷之後有〈補遺〉一卷，顧名思義，此乃正編刻成之後所續收者。此卷收六十二文，重三十八文。前半卷，字頭之比次略依《說文》卷數排列，後半卷則顛倒失次，蓋此卷非成於一時，乃平日研究之際，隨時增刻故爾。乙未本將此卷移入正編，〈補遺〉一卷因而消失。移入情形如下：

帝、王移入卷一，補於原有帝、王二字之末，下仿此。

半、召、踵、登、徒、造、路，移入卷二。

句、訟、轉、反、叔、鳧、政、斁、皷、攻、改、牧，移入卷三。

眾、翌、集、寠、初，移入卷四。

簠、宰、盦、饗、射、央、致，移入卷五。

賈、賓、都、邢、郢，移入卷六。

穅、寶，移入卷七。

作、監、表、褻、舟，移入卷八。

頤、弟、厂、豪，移入卷九。

馮、麋、黑，移入卷十。

永，移入卷十一。

姑、我、乍，移入卷十二。

彝、基，移入卷十三。

鐃、尊，移入卷十四。

二、將家刊本〈附錄〉中「可確認」之字移入正編

字　形	家刊本附錄之頁　碼	移入正編卷數頁　碼	正編之字　頭	字　　形	家刊本附錄之頁　碼	移入正編卷數頁　碼	正編之字　頭
▼▽	9	一 2	帝	秀	18	十 168	夔
䓘	13	一 6	蘇	寗	16	十二 198	嫵
䍐	12	二 13	牭	簷	11	五 69	簷
䥯	8	二 18	趚	來來	3	五 84	來
歸	24	二 19	歸	帥	9	六 94	師
逹	10	二 20	逹	華華	12	六 94	華
御馭	26	二 27	御馭	邦邦邦邦邦	3	六 99	邦
埶	2	三 42	埶	鄑	11	六 105	鄑
孰	19	三 43	孰	邶	6	六 107	邶
虘	6	三 44	虘	富	35	七 120	富
舲 舲	22	八 143	舲	瘪	32	七 126	瘪
令 令 令	9	九 151	令	裘		八 140	裘
龐 龐	6	九 154	龐	轅轅轅	3	十四 231	轅
蓋	21	十 165	蓋	丙	22	十四 238	丙

至於隸定之正誤，見本編第六章。

三、增加新字

乙未本增入不少新字頭，多來自璽印。除前兩項（由〈補遺〉移入，由〈附錄〉移入）而外，所增之字頭如下：

卷一：瑂、瑕、壯、茅、薺、葷、蘱、荊、茲、萃、蔡、菩、薔、芊、苛、芳、茶、葬、苣、芯。

卷二：分、牡、牼、吐、單、趞、起、趀、趙、遷、遹、逞、遠、迪、遾、徃、徎、微、假、梟。

卷三：齰、謀、謹、詁、計、詆、譅、童、妾、戒、飤、肅、肆、豎、將、導、徹、斂、敵、畋、馘。

卷四：鼻、雉、離、唯、雙、苜、騫、幾、骨、解。

卷五：簜、笘、瞽、益、餬、飲、餡、饌、亳、向、麥、夆。

卷六：條、櫄、橾、賢、齋、贏、買、貼、鬱、邘、鄧、鄒、邛、郣、鄐、邦、鄟、郊、鄙、鄧、鄭、郇、邧、郎、鄭、鄭、郭、鄘、鄑、邗、邢、鄭、鄑、鄭、壘。

卷七：朔、秋、程、麻、康、宥、釱、薶、呂、躬、癃、痓、疤、瘍、瘖、座、癰、痔、瘳、瘥、癲、痎、痒、疒、瘻、痹、痷、痲、癭、疒、瘖、疕、疣、疷、疠、瘐、疛、痼、疷、瘤、腐、痔、瘱、罟、絡、帛。

卷八：伊、作、佃、聚、重、裒、裏。

卷九：題、彥、厶、崈、石、豹。

卷十：駟、犬、焱、睪、志、忠、悊、悲、愕。

卷十一：江、渠、沬、潭、洵、潜、恙、魴。

卷十二：閘、閔、閿、臣、拓、如、氏、戰、戢、曲、張。

卷十三：繼、縈、縱、綆、績、紿、繯、絪、坤、均、塙、坏、野、勘、勝。

卷十四：鐠、輇、阿、隗、陘、陣。

以上新增字頭凡二百二十六字，其中六十八字乃《說文》所無，上著。號以別之。

四、於舊字頭下增補字形

光緒九年至二十一年之間所得新器銘，多分別附諸家刊本之末，以充實舊本之內容。家刊本所引彝銘中或有舊日不能辨識而弗取者，果能於此時辨識，亦一併採入。增補字形，以附於乙未本之末者爲常，如用字：

	散氏盤		邾惠鼎		王子申盞蓋		邾公鐘		辛子敦
	齊侯壺		齊侯壺		宗周鐘		陳公子甗		姑馮句鑃

新增五器（自齊侯壺至姑馮句鑃）附於末。至如字形不一，可劃爲若干小組，則增補之字形各自附於小組之末。以車字爲例，顯而易見。（中叔尊、作車寶彝卣蓋新增。）

車		古車字象輪轂轅軛之形或从戔非毛公鼎		孟鼎		立戈父丁卣		伯麗鼎
		象轅耑上曲鉤衡形詩小戎傳梁輈輈上句衡也父乙尊		吳尊蓋		咎作父癸卣		孔作父癸鼎
		中叔尊		作車寶彝卣蓋				
		彔伯戒敦		伯貞作旅車甗		邵大叔斧		石鼓

五、增引新器物

《古籀補》所引器物，有異器同名者，有同器異名者，逐一釐清，得知家刊本引器凡七百一十七種（錢幣，陶、璽不計），乙未本增收之器凡一百五十二種，合計八百九十九種。本編第六章第二節之器物總表備註欄標明乙未本新增之器，可見其詳。

六、更改器名

乙未本專事增輯，於家刊本差無更動，唯有二器器名改易而已。改家刊本之齊侯鎛爲齊子仲姜鎛，書中多見。又改姬鋌母鬲爲途母鬲。然而，書中漏改者三：61、242、250 頁之齊侯鎛是也。

七、增補〈附錄〉字

乙未本將家刊本〈附錄〉中「可確認」之字移入正編，共二十八條，已見前。此外，乙未本之〈附錄〉亦增輯若干，自 313 頁龔字起，迄於書末者是。（間有例外，容後述。）

第三節　乙未本之疏漏

以家刊本較之，乙未本之字數大增，彝器亦增附不少，對附錄字之更移，見其進步與用心。因而《古籀補》之內容當以乙未本爲佳，至於刻板之精細，印刷、裝訂之講求，則家刊本爲善。

乙未本是否匆促刊刻，今不能曉，其疏漏約有如下幾端：

一、家刊本〈補遺〉諸字未能全數移入乙未本之正文中。如駱字,引邢戈文;降字,引帝降矛,皆未移入正編。

二、家刊本〈附錄〉之字或於乙未本之〈附錄〉中消失,而乙未本之正編亦不見此字,蓋疏漏也。表列如后:

字　形	出　　處	家刊本附錄之頁碼	字　形	出　　處	家刊本附錄之頁碼
𤰔	十三年上官鼎	10	𥝋	王子申盞蓋	27
𣏾	封敦	15	𥝋	陳猷釜	27
𣐈	𣏾侯敦	16	𥞇	子禾子釜	27
𣏾	齊侯壺	17	𤣥	𤎼𤨪叔班簋	30
𥅀	虞司寇壺	17	居	居後彝	30
𥝋	多父盤	18	𥝋	邵鐘	31
𥝋	師遽方尊	18	𥝋	厇陽矛	32
𥝋	效卣	19	𥝋	厇陽矛	32
𥝋	父乙角	20	𥝋	竽子戈	33
𥝋	多父盤	24	𥝋	陳𧲈戈	33
𥝋	日辛敦	26	𥝋	陳𡊪𥝋戈	33
𥝋	父戊盉	26	𥝋	𧾷𥝋鉼金	34
𥝋	父乙敦	26	𥝋	上官登	35
𥝋	王子申盞蓋	27			

三、同一字形,於乙未本之正編及〈附錄〉兩見。如𣏾(中叔尊)見於卷三,頁45及附錄頁305。

　　四、同一字形在乙未本之〈附錄〉中重複出現。如🀅出現於頁 278 及頁 318，改
出現於頁 305 及頁 318。此殆匆促編寫致誤耳。

　　五、漏標字形來源。如頁 218師、鉢，頁 247郎，皆未標示來源。

　　此外，如摹刻未完或割裂字形，或隸定錯誤，見於第五章，此不贅。

第四章 考評愙齋有關文字結構之解析

　　三代古籀之亡，始於七國變亂古法，各自立異，使後人不能盡識也。愙齋云：
「竊謂許氏以壁中書爲古文，疑皆周末七國時所作；言語異聲，文字異形，非復
孔子六經之舊簡，雖存篆籀之迹，實多譌僞之形」（《古籀補・自序》）。及其援三
代彝器以考《說文》，則頗見分歧。是以《古籀補》之作，乃參稽故訓，附以己意，
「後之覽者，或有究聖人作述之微，存三代形聲之舊，仍不乖許氏遵修舊文之意
云爾」（《古籀補・自序》）。

　　潘祖蔭美之曰：「今清卿之作，依《說文》部居，始一終亥，目類相從，有條不
紊，一一皆從拓本之眞者摹其形，信而有徵。湝說其文，詳解其字；語許君所未盡
語，通經典所不易通」（《古籀補・潘序》）。陳介祺亦曰：「溯許書之原，快學者之覩，
使上古造字之義尙有可尋，起卡重而質之，亦當謂實獲我心，況漢以後乎？曰許氏
之功臣也可，曰倉聖之功臣也可。後之學者述而明之，必基乎此矣。」（《古籀補・
陳序》）。《字說》與《古籀補》互爲表裏，其中多創見。今擬參稽一、二學界之言以
定其是而指其非。至如隸定錯誤者，表列於第五章，茲不復引。

1. 天

　　《古籀補》曰：

　　　🧍，人所戴也。天體圓，故从●。許氏說，天大地大人亦大，故大象人形。

　　〔註1〕

按：《說文》曰：「天，顛也。至高無上，从一大。」屬會意字，未允。愙齋謂「大
象人形」確矣，而云「天體圓，故从●」，該諸甲骨文。作🧍（甲三、六九○）、作🧍
（乙六八五七）、作🧍（拾五一四）；金文亦有不作圓頂者，如頌鼎作🧍，齊侯壺作

〔註 1〕 吳大澂《說文古籀補》，乙未本，（臺北，商務印書館《國學基本叢書》），頁 1。

天夫，憨齋之說非是。王國維云：

> 天本謂人顛頂，故象人形，卜辭盂鼎之天夭二字所以獨墳其首者，正特著
> 其所象之處也。……故天夭為象形字，夭為指事字，篆文之从一大者為會
> 意字，文字因作法之不同，而所屬之六書亦異。〔註2〕

天字象人顛頂，其說實不可易。李孝定先生《金文詁林讀後記》云：「王國維氏以象
形指事會意分說天夭、夭、否諸形，說失之泥」。于省吾曰：

> 第一期早期自組甲骨文有「弗疒朕天」（乙九○六七）之貞，天字作夭。此
> 外，第一期甲骨文从天的字，如子嬪世譜的斦字（影印拓本，也見庫一五
> ○六），右从天作夭，又癸字（乙三八四三）下从天作夭。第一期晚期的天
> 字也有作夭或夭者。甲骨文晚期天字習見，均作夭，為了便于鍥刻，故上
> 部化圓為方。商代金文天字，一般作夭。……天字上部作○或●，即古丁字。
> 也即人之顛頂之頂字的初文。前文的弗疾朕天，是占卜人之顛頂有無疾
> 病。天本為獨體象形字，由于天體高廣，無以為象，故用人之顛頂以表示
> 至上之意，但天字上部以丁為頂，也表示著天字的音讀。〔註3〕

嚴一萍先生指乙九○六七版「弗疒朕天」作夭乃貞人夭所寫之別體，無黃簋之夭沿其
譌誤。並謂大、天、立三字同出一源，其初皆象人正面立形也。其後三字分化，大
字立字本象全人，首形不顯，故皆銳其上，立字則下加一橫，以示站於地。天字者
重在頂，故特豐其首，甲骨之天，上成□形，金文之天大其●，皆此意也（《中國文
字》冊5，頁473〈釋天〉）。當大、天之未分化，二字常混用，卜辭之天邑商即大邑
商，天乙即大乙。《廣雅・釋詁》曰：「天，大也」最得朔誼。《呂氏春秋・大樂》：「全
其天」，注：「天，身也」，可謂上古遺意。及其分化，大、天二字各有所重，張日昇
云：「天取誼於人之顛頂，大取誼於人之兩臂及足向外伸張，擴佔空間之狀」（《金文
詁林》）。由此，金文之天、大二字判然有別。天之字形演變如下：

    如上圖（A），其頭頂由■變作□，再變為一，乃唐蘭所謂趨易之演變；如圖（B），
其頭頂由一變作二，乃增繁之演變，天字兼含兩種演變。（唐蘭之說見《古文字導論》
下編頁44）

〔註2〕 王國維：《定本觀堂集林》上，（臺北，世界書局），頁282，〈釋天〉。
〔註3〕 《甲骨文字釋林》卷下頁439～440〈釋具有部分表音的獨體象形字〉。

2. 帝

《字說》曰：

《白虎通》、《說文解字》、《孝經援神契》、《書堯典序》疏皆曰：「帝，諦
也」。大徵竊疑諦爲後起字，上古造字之始，不當先有諦字；以帝之大，
與上帝、天帝竝稱，何獨取義于審諦，此不可解也。嘗見潘伯寅師所藏舊
拓本有一卣蓋，文曰：「▽己 ▲ ◖ 攴 茲」；又甘泉毛子靜所藏鼎，文曰：
「▼己 ▲ ■ 攴 茲」。古器多稱且某、父某，未見祖父之上更有尊於祖父
之稱。推其祖之所自出，其爲帝字無疑。許書帝，古文作 帝，與鄂不之 帝
同意，象花蒂之形。周憲鼎作 帝，聃敦作 帝，戲狄鐘作 帝，皆▽之繁文。
惟▽▼二字最古最簡。蒂落而成果，即艸木之所由生，枝葉之所由發，生
物之始，與天合德，故帝足以配天。虞夏禘黃帝；殷周禘嚳；禘其祖之所
從出，故禘字从帝也。〔註4〕

按：《說文》曰：「帝，諦也，王天下之號也。从二，朿聲。帝，古文帝。古文諸上
字皆从一，篆文皆从二；二，古文上字。辛、示、辰、龍、童、音、章皆从古文上」。
諦非帝字之本誼，憲齋之說是也。甲骨文第一期，帝字多係天神之稱，或引伸爲祭
祀之禘；後期卜辭始作王天下之號。陳夢家云：

〈曲禮・下〉：「措之廟立之主曰帝」，帝即廟主。卜辭帝乙、帝甲之帝，
其義與示相似，但乙辛時代的卜辭金文，稱帝乙爲文武帝、文武帝乙、文
武帝宗，凡此帝字與上述之帝或有不同，殷周統治者自稱爲王，而殷人只
有上帝而無人帝。〔註5〕

李孝定先生云：

卜辭帝乙、帝甲、文武帝之帝均爲王天下之號，非廟主也。（《集釋》頁
31）

張日昇云：

就金文言之，除邘卣二云：「王曰障文武帝且乙俎」一語外，帝均指上帝；
文武帝之帝爲王天下之號。〔註6〕

帝乃花蒂初文之說始於宋鄭樵，《通志・卷三十一・六書略・艸木之形》云：「帝，
象花蒂之形」。憲齋以金文資料爲基本，詳加闡釋，其說備受學界矚目，影響深鉅。
王國維、郭沫若皆承其說。然憲齋謂 帝 象根枝形，未允；王國維〈釋天〉以爲帝字

〔註 4〕　吳大澂：《字說》，（臺北，藝文印書館），頁1，〈帝字說〉。

〔註 5〕　陳夢家：《殷虛卜辭綜述》，（臺北，大通出版），頁440。

〔註 6〕　周法高：《金文詁林》（香港，中文大學出版社），0007，帝。

象花萼全形（《觀堂》卷六頁 10），其說可從。張日昇云：

> 帝乃花與枝莖相連處。《甲骨文編》帝下有 𢂷（甲一一四八）、𢂷（河三八三）、𢂷（粹一三一一）諸形，⊢⊣（實□之省，⊢⊣或□非蒂形，仍指示花萼與枝莖相連之部位。花之中央有花蕊，倒三角形中之直畫是也；粹一三一一作 𢂷，蕊之柱頭更清晰可見，↑象花之枝莖以下，與木之↑同意。（同上）。

借花帝爲上帝字，愙齋之說是也，郭氏更演進之，以爲古代生殖崇拜觀念爲其背景。曰：

> 知帝爲蒂之初字，則帝之用爲天帝義者，亦生殖崇拜之一例也。帝之興，必在漁獵畜牧已進展於農業種植以後。蓋其所崇祀之生殖，已由人身或動物性之物而轉化爲植物。古人固不知有所謂雄雌蕊，然觀花落蒂存，蒂熟而爲果，果多碩大無朋，人畜多賴之以爲生。果復含子，子之一粒，復可化而爲億萬無窮之孫；所謂韡韡鄂不，所謂綿綿瓜瓞，天下之神奇更無有過於此者矣。此必至神者之所寄，故宇宙之眞宰，即以帝爲尊號也。人王乃天帝之替代，因而帝號，遂通攝天人矣。〔註7〕

白川靜謂帝字：「爲象形，爲祭壇之臺几之象」（《說文新義》卷 1 頁 23 至 28）加藤常賢曰：「在郊外建設大几，以安置天尸而祭，T 爲其形象也，×則爲因 T 大而樹立之斜向支柱，⊢⊣則爲使 T 不倒下而設，架橫木於兩柱，正在中央之部位之支持構造也。要之，《爾雅・釋天》有禘，大祭也。𢂷爲祭天時之大示，即大几之形象也。……用爲帝王之帝者，全是借用；又用作指天帝者，乃從天祭中之神示而來之名也。」（《漢字之起源》頁 711）聊備一說。吳、王、郭之說可圖示如下：

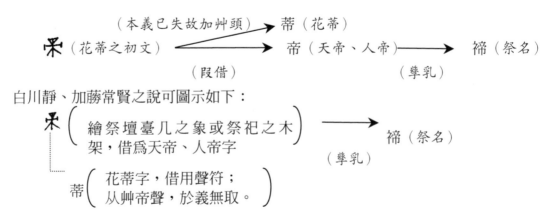

白川靜、加藤常賢之說可圖示如下：

以後者說蒂字，未能十分妥貼，是以憲齋說帝字，非但合於形、義，又可以言假借、孳乳之現象。此外，憲齋主盉婦鼎之 ▼己爲帝己。柯昌濟疑 ▼爲示字（《韡華乙篇》頁 13），葉玉森亦云：

> 吳文澂釋 ▼己爲帝己，……實則 ▼乃肥筆 丁（示）字，即 丁（示）卣之丁，
> 卜辭于父之上稱祖，或稱示，如示丁、示壬、示癸是。示，神也；稱示某，
> 猶後世稱神農、神堯、神禹也……卜辭中帝字恆見，無一作此形者。〔註8〕

盉婦鼎之 ▼己是否爲帝己，未能遽定，惟羅福頤於《三代吉金文存釋文》中隸定爲帝己（《三代》三、一七），果能據信，則此乃憲齋之又一發明也。

3. 祈

《古籀補》曰：

　　𪓐、古祈字。从止，从單，从斤。頌敦。（頁4）

　　按：金文祈字之例如下：

（A）𪓐（頌鼎）

（B）𪓐（追簋）

（C）𪓐（王孫鐘）

（D）𪓐（㲼季良父壺）

（E）𪓐（㲼君簋）

（F）𪓐（郑公釛鐘）

（G）𪓐（太師盧豆）

（A）（B）（C）（D）四形，容庚釋作「从放，斳聲」（《金文編》一、六）與唐蘭同。（唐氏之說見於《古文字學導論》下編頁 29）。（C）（D）之放形與「止」字相近，憲齋遂誤以爲从止，此實與許氏旅字古文作𪓐同，蓋放譌作止也。

4. 王

《字說》曰：

> ……漢儒多依小篆以說經，與古初造字之本義不盡合。大澂案：王字古文
> 作 王，或作 玉，从二，从 山；不从三畫。山爲古文大。然虎敦 聦字、董
> 𣄼鼎 蕫字皆从火，舊釋董爲董山，非也。王伐郱侯敔金作 金，仲偁父鼎作
> 金，公違鼎作 斈，知古金字，亦从火，象以火鎔金之器也。《華嚴經音義》

引《易》韓注：王，盛也。二爲地，地中有火，其氣盛也；火盛曰王，德
盛亦曰王，故爲王天下之號。〔註9〕

按：《說文》曰：「王，天下所歸往也。董仲舒曰：『古之造文者，三畫而連其中，謂
之王，三者，天地人也。』孔子曰：『一貫三爲王』」。後世學者多疑之，林義光曰：
按：通三畫未可云通天地人；天地人者，王亦非能參通之也，所引孔子語亦無考。(《文
源》)

郭沫若曰：

王字古文畫不限於三，中不貫以一。卜辭王字極多，其最常見者作土，與
士字之或體相似，繁之則爲土若土。金文王字多作三畫一連，然中直下端
及第三橫畫多作肥筆；其第三橫畫之兩端尤多上拳。如宰峀敦作王，盂鼎
作王；其最顯著者，姑馮句鑃「隹王正月」作王四畫。貫者非一，所貫非
三。〔註10〕

吳其昌曰：

《說文》明云：「王，古文王」，然則天道人道何以皆直，而地道又何獨曲
詰作 U 乎？則恐許氏亦不能自答矣。〔註11〕

愙齋知許氏之說未允，遂主地中有火，火盛曰王、德盛亦曰王。此說可議者凡二：
後漢韓康注《易》曰：「王，盛也，盛德之至，故曰王天下也」(《慧琳音義》二二、
四引)。德盛曰王，此乃漢儒之言，不得據以掩蓋王字之初義本形。再者，王字所從
亦非火字，李孝定先生曰：

卜辭火字作山，王字數十百見，固無一從山作者。即金文諸從火之字，據
容庚《金文編》所載，除滕虎簋一器滕字所從火字作山與少數王字作王所
從相同外，其餘均作山山火山山形，兩側各著一小點，與王字所從有別。
然則王字從火，其說之誣，昭然可見。〔註12〕

徐中舒主王字象帝王端拱而坐之形，張日昇於《金文詁林》中駁之，張說可從。吳
其昌以爲王字之本義爲斧，用以征服天下，故引伸爲王。其言曰：

王之本義斧也……《爾雅·釋器》，斧謂之黼。又〈釋言〉，黼黻彰也。孫
炎注：黼文如斧，蓋半白半黑，如斧刃白而身黑。蓋黼即斧之同聲假借後
起字耳。今考《儀禮·覲禮》云：「天子設斧依於戶牖之間」。此斧依在《周

〔註 9〕 書同注4，頁3，〈王字說〉。
〔註10〕 書同注7，頁16至17。
〔註11〕 吳其昌：〈金文名象疏證兵器篇〉，載於《武大文哲季刊》五卷三期，頁498。
〔註12〕 李孝定：《甲骨文字集釋》，(臺北，中研院史語所出版)，頁125。

禮》則作黼依。《周禮・春官・司几筵》云：「凡大朝覲大饗射，凡封國命諸侯，王位設黼依」。蓋古之王者，皆以武力征伐天下，遂驕然自大，以爲在諸侯之上而稱王；斧形即王字，故繪斧於扆……故於朝天下、覲諸侯、封藩服、會卿事之時，仍設繪斧之扆以紀念之。（《武大文哲季刊》同前引）

（A）王字	
（B）赤字从火	
（C）土字	

由以上（A）（B）（C）三圖知王、火、土三字之別。或謂王字从火，或謂从土，皆未允。其下畫捲曲，象斧刃；王字象去柄之斧形，古人用爲權杖，乃統領之表徵，後叚物以言人。

林澐從吳氏之說，曰：

　　大乃象斧鉞類不納柲之形……虢季子盤銘云：「賜用弓，彤矢其央；賜用戉，用征蠻方」。《左傳・昭公十五年》：「鍼戉、秬鬯、彤矢、虎賁，文公受之……撫征東夏」。《史記・殷本紀》：「賜（周文王）弓矢斧鉞，使得征伐，爲西伯」。都是弓矢和斧鉞并錫而使專征伐的……所以斧鉞成爲象徵軍事統率權的權杖是很自然的。〔註13〕

〔註13〕 林澐：〈說王〉，載於《考古》一九六五第六期，頁311至312。

白川靜亦從吳說，曰：

> 斧鉞句兵之類中，禮器甚多；殷墟出土之物中，有於內施以華麗之雕飾者，
> 亦有以美玉製成者，可知乃當時之重要禮器也（《鄴中片羽》初～三集）。
> 鉞之出土之數，雖非很多，然多精品，從其製作遠離實用所需之事，無疑
> 乃用作權威之象徵之禮器也。〔註14〕

5. 皇

《古籀補》云：

> 𝌂，大也。日出土則光大，日爲君象，故三皇稱皇。〔註15〕

按：《說文》云：「皇，大也。从自；自，始也，始王者，三王大君也，會意。自讀
若鼻，今俗以始子爲鼻子」。《說文》皇字之字形與金文不符，乃晚周皇字之譌變。
愙齋云：「日出土則光大」，亦不確。金文之古字作🔸（盂鼎）、作🔸（猷鐘），與皇
字作皇（師望鼎）、皇（令簋）、皇（沈兒鐘）、皇（欒書缶）相較，皇字下不从土
明矣。且金文中皇有美大誼而無王誼，皇假爲王，乃秦以後事，不可以說皇之本義
也。如毛公鼎云：「皇天弘猷夃德」，沈兒鐘云：「皇皇趩趩」便是。《廣雅·釋詁一》：
「皇，美也」；《爾雅·釋詁》：「皇皇，美也」；《詩·小雅·采芑》：「朱芾斯皇」《傳》：
「猶煌煌也」；《詩·周頌·烈文》：「繼序其皇之」《傳》：「皇，美也」。此皆皇字之
朔誼。諸家多以冠冕解皇字，而金文中皇王二字分用劃然，自不需強合二字爲一。
朱芳圃謂皇即煌之本字。皇即鐙之初文，川象鐙光參差上出之形（《釋叢》頁48至
49皇）。白川靜於王字既從吳其昌之說，謂爲斧鉞之象形，於皇字遂主斧鉞之光華。
曰：

> 皇字蓋爲于作爲禮器之鉞上加玉飾之象形字也。鉞之刃部中央，多有籤入
> 圓形之玉者；又一般之銅兵，在內或鑾首把手之部分，亦多加上美麗之玉
> 飾者，施玉飾等于鉞，以增加其光華之象者，蓋即皇也。〔註16〕

卜辭中不見皇字，金文之皇字確如斧鉞加飾，如召卣作皇，仲師父鼎作皇，口作曻
皇考尊作𰀔，白川靜之說可信。王字乃斧鉞，可專征之權杖也，上加玉飾，而有光
大明美之誼，此即皇字也。

6. 中

《古籀補》曰：

〔註14〕 白川靜：《說文新義》（日本，白鶴美術館出版），卷一，頁80至85。
〔註15〕 書同注1，頁4。
〔註16〕 書同注14，卷一，頁87至90。

🦅，正也。兩旗之中，立必正也。〔註17〕

按：《說文》曰：「中，和也（段注改作內也）。从口丨，上下通。ϕ，古文中。🦅，籀文中」。解旗形爲中字，始於薛尙功《鐘鼎彝器款識》卷十六，中甗云：「漢🦅州」，薛釋爲「漢中州」。晚淸學者多未能確指🦅字，如《攀古樓彝器款識》以🦅婦𩜁鼎爲斿形婦𩜁鼎；《愙齋集古錄》六、一六、四以爲立斿形，丁佛言《說文古籀補補》游字下以🦅爲九游之游。唐蘭云：

> 《說文》作ϕϕ🦅三形，中即ϕ形之小變，🦅爲中之譌，🦅爲🦅之譌。許
> 說中：「从口丨上下通」，近世學者多說爲象矢貫的。此外，臆說尙多有之，
> 皆由不知古文本作🦅也。中爲斿旗旂之屬，何由得而爲中間之義乎？吳大
> 澂謂：「兩旗之中，立必正」亦囈壁之語，篆形旣未顯兩旗，又何由知其
> 立必正也？余謂中者最初示族社會之徽幟，《周禮·司常》所謂：「皆畫其
> 象焉，官府各象其事，州里各象其名，家各象其號」。顯爲皇古圖騰制度
> 之孑遺。此其徽幟，古時用以集衆。《周禮·大司馬》教大閱建旗以致民，
> 民至仆之，誅後至者，亦古之遺制也。蓋古者有大事聚衆於曠地，先建中
> 焉，群衆望見中而趨附；群衆來自四方，則建中之地爲中央矣。……然則
> 中本徽幟，而所立之地恆爲中央，遂引伸爲中央之義，更引申爲一切之中。
> 〔註18〕

其言可取。

7. 蒽

《古籀補》曰：

> 🌿，古蒽字。象形。《禮》：「三命，赤韍蒽衡」，青之謂蒽也。許氏說：「繱，
> 帛青色」，从糸，後人所加。〔註19〕

按：《說文》曰：「🌿，荣也。从艸，悤聲」。《禮記·玉藻》：「三命，赤韍蒽衡」與毛公鼎「赤市蒽黃」相近，蒽字銘文作🌿，與《說文》从艸悤聲之形聲字不同。愙齋謂🌿乃蒽荣之象形，又引伸爲青色，後人加糸旁，以成帛青色之專字。高田忠周承其說，曰：

> 蓋蒽之爲物，與韭同類，葉大，根亦肥如球，此篆實象其形，又轉義爲《爾

〔註17〕　書同注1，頁6。
〔註18〕　唐蘭：《殷墟文字記》，頁37至41。
〔註19〕　書同注1，頁9。

雅・釋器》青謂之蔥，《詩・采芑》傳蒼也是也。〔註20〕

郭沫若《大系考釋》亦主是說。吳鎮烽、雒忠如云：

> 悤字原作🌱，彝銘蔥黃字均如是作。余意此即蔥之象形文，象蔥由球根迸出之形。〔註21〕

容庚之說則異，其言曰：

> 🌱（悤），以丨在心上，示心之多邊囪囪也。《說文》云「从心囪」，囪當是丨之變形，又云「囪亦聲」，乃由指事而變為形聲矣。……悤孳乳為蔥，再孳乳為總」。〔註22〕

容氏以🌱（悤）為初文，為指事字，孳乳為蔥菜之蔥及帛青色之總。周名煇謂悤、心一字，古但作🌱象形。余以為蔥黃之蔥乃蔥菜之象形字，孳乳為總字，愙齋之說不誤。而悤字訓多邊悤悤，🌱為心之象形，與蔥菜之🌱字形偶同而已，後世演變為一字。推其造字初衷，蔥孳乳為總，與悤字無涉也。此與高田忠周之說略同，見《古籀篇》十二頁 12。

（以上卷一）

8. 㒸

《古籀補》曰：

> 㒸，損也。小篆作隊，亦作隊：許氏說：「從高隊也」，今俗作墜。〔註23〕

按：《說文》曰：「㒸。从意也。从八，豕聲」。段注云：「从，相聽也；豕者，聽從之意」。愙齋以為字當訓隕，與舊說異。林義光疑許氏之訓，曰：

> 㒸為從，則不得从八。㒸即墜之本字：凡下墜者，絕於上而趨於下，有分離之象。从八：八，分也；豕聲。請彝器如郱公華鐘不㒸於厥身，毛公鼎女毋敢㒸，師袁敦虔不㒸，皆借豕字為之，㒸豕古音同。（《文源》）

古彝器借豕為㒸，㒸豕古音同，此說實有可商。審金文㒸字，井侯簋作🐗，趞簋作㒸，彔伯簋作🐗，象豕著矢之形。㒸、豕之字形判然有別，未可視為同形而以叚借說之。㒸之古音在沒部，豕在脂部，林義光謂古音同，非也。張日昇曰：

> 中矢即倒地，此㒸之本誼也，後更从阜，以見從高隊之意。〔註24〕

〔註20〕 高田忠周：《古籀篇》（日本，古籀篇刊行會）七九，頁 18。

〔註21〕 吳鎮烽、雒忠如：〈陝西省扶風縣強家村出土的西周銅器師𦣞鼎釋文〉，載於《文物》1975 年第八期，頁 57。

〔註22〕 容庚：《金文^正續編》，（臺北，樂天出版），頁 7。

〔註23〕 書同注 1，頁 12。

〔註24〕 書同注 5，0089，㒸。

戴家祥曰：

> 𥝆，古隊字。齊侯鎛鐘：「汝小心畏忌汝不𥝆」，彔伯敦：「女肇不𥝆」，
> 師袁敦：「虔不𥝆」……「使牆夙夜不𥝆」猶《左傳・昭公七年》云：「嬰
> 齊受命于蜀，奉承以來，弗敢失隕而致諸宗桃」。〔註25〕

李學勤亦曰：「不𥝆即不墜」〔註26〕。總之，𥝆字於金文中，訓爲隊（墜），諸家均無異議，由愙齋、張日昇之說，可圖示如下：

李孝定先生從高田忠周之說，謂𥝆當隸定爲希，而假借爲隊（墜），因而與豕字無關矣。其言曰：

> 高田氏釋爲希，讀爲隊，於義爲長。字在甲文作𥝆，上出斜畫，象兩耳形，
> 譌變而爲金文之𥝆，遂爲貫豕之矢，非眞豕字也。甲文借爲祟字，希之爲
> 祟，亦猶希之爲隊也，此皆借字，非本義也。張氏謂「中矢即倒地，此隊
> 之本誼」，以借誼爲本誼，說亦可商。按《說文》希訓從意，从八从豕，
> 未詳其誼，疑即此字之譌：「從意」一解，亦爲借義。其本字則不可知。
> 隊訓從高隊，此乃隊落之本字从𨸏，希聲，希非義也；金文則借希爲之。
> 此字（指《金文編》中豕下之𥝆字）宜刪，改收入九卷作希，於十四卷出
> 隊字，以爲希之重文。〔註27〕

李先生又云：「希，許訓「從意」，未詳其構字之由」。林義光亦疑許氏之說，以爲形、義牴牾。因之，愙齋之說可立。李孝定先生以爲金文之𥝆乃希字，並假借爲隊。《說文》云：「𥝆，脩豪獸，一曰河內名豕也。从彑，下象毛足」。希之古音在月部，隊之古音在沒部；聲、義均遠，言假借、孳乳皆未允也。而豕、隊、祟（李先生所引）皆在沒部，故今從愙齋之說，歸𥝆形於豕下。

9. 必

《古籀補》曰：

> ＊，〈攷工記〉：「天子圭中必」，錢宮詹說：「必通縪」。小篆作韠，載也，

〔註25〕 戴家祥：〈牆盤銘文〉，載於《師大校刊》1978 年，頁 78。
〔註26〕 李學勤：〈論史牆盤及其意義「夙夜不𥝆」〉，載於：《考古》1978 年第二期，頁 156。
〔註27〕 李孝定：《金文詁林讀後記》，（臺北，中研院史語所），頁 17。

所以蔽前。〔註28〕

按：《說文》曰：「𰙚，分極也。从八弋，八亦聲（各本作弋亦聲，今從段氏。）」阮元、徐同柏，吳愙齋皆祖述錢大昕之說。阮元曰：

> 錢竹汀宮詹大昕云：……薛氏釋必爲繂。按〈攷工記〉：「天子圭中必」，鄭讀如鹿車繂之繂，是必繂古文相通，此銘亦作必，與康成注合。〔註29〕

劉心源謂繂字指約束，本非器物，鐘鼎家不當引鄭注爲說。其言曰：

> 近人以「必」爲「繂」，引〈攷工記〉：「天子圭中必」，鄭注：「必讀如鹿車繂之繂」。謂以組約其中爲執之，以備失隊。《說文》軶，車束也，即鄭所謂繂也。鄭以圭中必之語非義，故以繂字解之；又申之曰：「以組約其中」，是以約解繂字矣。惠士奇《禮說》：「繂猶綦也，結于轈而連于軸」。《通訓定聲》：「以組約圭中，以繩紩車下曰繂」。是則繂義爲約束，本非器物；鄭以解圭中必則可，鐘鼎家取以解所錫之必，吾不知所約束者何物也。於是因繂及轠叚借，經兩轉而始通（連按：如《古籀補》然），亦迂曲矣。〔註30〕

此言以「必」爲「繂」之誤也。郭沫若指愙齋之另一誤，即以「轠」說「必」字。郭氏曰：

> 案此「小篆作轠」乃吳氏所著之蛇足，轠戟市本一字，伯姬鼎上文已出赤市朱黃（裒盤、休盤與此同），則下文之「必」自不得再爲轠。宋人殊瞶瞶，竟以此釋之，故錢大昕乃發明以繂爲必也。錢氏之意，吳朱盡曉。然釋繂亦了無意義。……〈考工記〉：「廬人爲廬器，戈柲六尺又六寸，殳長尋又四尺，車戟常，酋矛常有四尺，夷矛三尋」。鄭注：「柲猶柄也」。……殳乃無刃之竹杖，柲乃戈矛之柄。……余謂必乃柲之本字，字乃象形，八聲，𰙚即戈柲之象形。許書以爲從八弋者，非也。其訓必爲分極，乃後起之義，從木作之柲字，則後起之字也。〔註31〕

金文戈字舉例如下：𢦏 （戈父丁簋）、弋（宅簋）、弋（師奎父鼎），去其援、內、胡。即成𠂤；後兩形加上八聲，便成𢦠字矣；必聲、八聲之古音同在五質，郭氏之說有理。又金文之斗字作乀（秦公簋）、乀（眉脒鼎），升字作𦫵（友簋）、𦫵（秦

〔註28〕 書同注1，頁12。

〔註29〕 阮元：《積古齋鐘鼎彝器款識法帖》，自刻本，卷四，頁30，〈無專鼎〉。

〔註30〕 劉心源：《奇觚室吉金文述》，（臺北，藝文印書館），卷二，頁13至14，〈無專鼎〉。

〔註31〕 郭沫若：《殷周青銅器銘文研究》，（上海，大東出版）頁175至177頁，〈戈珥臧骹必肜沙說〉。

公簋）；于省吾謂卜辭中之 <斗> 即斗與升之象形字，又謂其下著短斜畫作 <字> 者乃必字（連按：孫海波《甲骨文編》以爲 <字> 乃升字）。果其說可信，則「必」字乃泛指一切之柄，較郭說又轉精矣〔註32〕。苟于氏之說可信，則甲骨文之「必」字於升斗之象形字上增一指事符號（一斜線）；而金文之「必」字，則於戈柄、升斗之柄加八聲，屬加聲象形。與齒、麋等字構造法類似：

　　齒：<圖>（前一、二五、一）→<齒>（戰國・中山王壺）

　　麋：<圖>（佚九三〇）→<麋>（春秋、石鼓、田車）

郭、于兩說，於六書有別；姑從郭說，于說聊備一格。

10. 犕

《字說》曰：

> 葡爲盛矢之器。後人加牛爲犕，又通服。今經典通服，而葡字之古義廢。
>
> 《說文解字》牛部犕下引《易》：「犕牛乘馬」，今本作服。《左氏傳》：「王子伯服」，鄭世家作「伯犕」；《後漢書・皇甫嵩傳》注：「犕，古服字」……
>
> 〔註33〕

按：《說文》云：「葡，具也，從用，苟省」。此乃引申之義。葡字甲骨文作 <圖>（藏二、四）、<圖>（前五、九、六）、<圖>（戩四四、一三），金文作 <圖>（丙申角）、<圖>（番生簋），象矢在箙中，乃箙之本字。箙，《說文》謂弩矢箙也，乃後起之形聲字；葡訓具，爲引伸義所專而本義反晦。李孝定先生曰：

> （葡）契文象矢箙形，矢箙以盛多矢，故引伸有全具之義。〔註34〕

此所以《說文》訓「具」之故。《說文》從用苟省，乃 <圖> 之譌變，視毛公鼎葡字可知。慤齋說葡字是矣，而諸家所見亦略同；于省吾曰：

> 甲骨文的葡字，即盛箭之箙的本字，作 <圖> 或 <圖>，周器番生簋作 <圖>，毛公鼎作 <圖>。〔註35〕

慤齋又云：「（葡），後人加牛爲犕，又通服」，其意或以爲葡、犕混用乎？而語焉不詳。《古籀補》卷二犕字下錄 <圖>、<圖> 兩形；容庚《金文編》承之，亦於卷二犕字下錄一葡字。李孝定先生曰：

> 按：葡爲矢箙之本字，其字與犕無涉，鼎銘云：「魚葡」，亦正言矢箙，徒以「服牛乘馬」，《說文》別作「犕牛乘馬」，遂以矢箙之葡，當服牛、犕

〔註32〕　書同注27，頁19。

〔註33〕　書同注4，頁24，〈葡字說〉。

〔註34〕　書同注12，頁1127。

〔註35〕　于省吾：《甲骨文字釋林》，（臺北，大通出版），卷中，頁278，〈釋葡〉。

牛之犕，殊覺無據也，此篆當刪。〔註36〕

其說甚是，即便《說文》將「服牛乘馬」引作「犕牛乘馬」，而葡為矢箙、犕為以鞌裝馬（《玉篇》之說），其訓詒依然風馬牛不相及也，安可將![img]形側於犕字之下乎？是惷齋、容庚千慮一失者也。葡既為盛矢之器，而其聲子犕字無所取義，此乃林師景伊所言「造字時聲符假借」之例：

> 在字根上如果無意可說，在語根方面，必可求得意義的來源。例如：祿字從示彔聲。彔字與祿在意義上沒有關係，彔聲卻有意義可尋。彔與鹿音同，打獵時碰到鹿，不是福祿的事嗎？《說文》凡從鹿聲的字，重文常從彔。如「麗」重文作「�」、「漉」重文作「渌」。當造「祿」字時，假借「彔」為「鹿」，才在字根上無義可說了。〔註37〕

同理，犕字當訓「服也，以鞌裝馬也」，於字根上無意可求，便該求諸語根。造犕字之時，假借「葡」為「服」；犕、服詒近，古音同在職部。葡字經典作箙，亦兩音互通之證也。

11. 吾

《字說》曰：

> 毛公鼎![img]王，犬溦釋「以乃族干敓王」（連接：當作以乃族干敓王身句讀。）干當讀扞，吾即敓之省。《說文解字》：「敦，止也」、「敓，禁也」，敦敓二字皆從攴。按，敓與圉禦衞三字皆通。〔註38〕

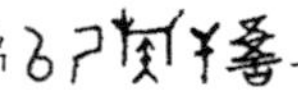

按：《說文》曰：「吾，我自稱也。從口，五聲」，此是否為吾字之本詒，今未可知，而毛公鼎之吾字假借為敦敓字。魚部之字，多見含有忤逆之詒者，如閼為遮擁，禦有禁詒，籞者禁苑也，齬訓齒不相值、語者論難之稱，敓所以止樂，圄之訓守，牾之訓逆，不勝枚舉。《古文字類編》將吾、敓合編為一，苟敦敓為吾字之朔詒，則敓為吾所孳乳，當屬晚出，非如惷齋所言「吾即敓之省」；造字之先後，不可不察也。

12. 召

《字說》曰：

> 福山王廉生編修所得古塤文曰：![img]。吾師潘伯寅大司寇亦得數塤，皆同文。又一器，文曰：![img]。南皮張孝達制軍釋作詔塤。大溦嘗謂古文召、紹、詔、招、佋、昭為一字；詔字從音，即![img]之變體也。

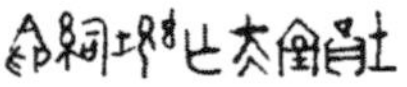

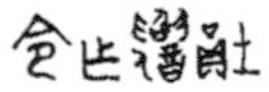

〔註36〕書同注27，頁20。
〔註37〕林尹：《文字學概說》，（臺北，正中出版），頁135。
〔註38〕書同注4，頁27，〈干吾字說〉。

盂鼎作█，上作又手形，下作竦手形，與█字同意；受从一手，此从兩手；

受从舟，爲承尊之器，此从█，當亦盛酒之器。古者主賓相見，有紹介相

佑助尊俎之間，有授受之禮，故紹字从召从█从█，此紹字之本義也，引

伸爲紹繼、爲紹承，義亦相近。〔註39〕

按：《說文》云：「召，評也。从口，刀聲」。金文字形與小篆迥異，愙齋遂自爲新說。

其解召字之字形，李孝定先生以爲可從〔註40〕。其說誼則未允，張日昇評之曰：

吳大澂謂古召紹一字，从召从█从█，蓋主賓相見，有紹介相佑助尊俎

之間，有授受之禮，紹承乃引伸義。然釋紹爲繼，於金文銘文文意不協，

且█下从收，僅見於盂鼎（《金文編》收入招字下），授受之義，似有可商。

〔註41〕

至於獲古埍諸事，孫詒讓云：「近有僞作古埍文韶樂字與觚文同，尤不足信」（《名原》

頁 18 至 19）。孫詒讓訓召之本義爲輔導佑助，是也；其言結構，則以爲从█省█省，

殊支離無可取。

13. 正

《古籀補》曰：

█，古正字从止从█，止爲足跡，上象其履，行必以正也。〔註42〕

按：《說文》曰：「正，是也。从一，一曰止。█，古文正，从二；二，古文上字。█、

古文正，从一足，足亦止也」。古文从上之說，乃許氏不明古文形體衍變致誤。金文

凡頂畫爲橫畫者，每或加一小畫於其上以爲飾，如█或作█（齊侯壺）、█或作█（𣂏

狄鐘），█或作示；正之作█，亦其類也。甲骨文「足」「正」兩字形混，皆作█；

金文「足」字用匡郭作█，正字填實作█以爲別，後又變爲一橫畫。吳愙齋謂正字

从止，█象其履，此說未確。羅振玉謂正月字征伐字同〔註43〕，然正字所从□或●

何義，未加說明。金祥恆先生曰

余謂口者即城郭所从之墻圍，甲文郭作█，衛作█與█，章及█之省，

羅叔言云：象眾足守衛口內之形，而█、█正象人足巡行攻城之形。衛爲

自衛，征爲伐人，其意相承，其義則相反。……正、延、征古原爲一字，

〔註39〕　書同注 4，頁 6，〈韶字說〉。
〔註40〕　書同注 27，頁 22。
〔註41〕　書同注 6，0112 召。
〔註42〕　書同注 1，頁 20。
〔註43〕　羅振玉《增訂殷虛書契考釋》，中，（臺北，藝文出版），頁 63 下。

其本義當爲征伐之義。〔註44〕

其言是也,而卜辭中♦爲正,♦爲圍,嚴一萍先生〈釋♦♦〉一文已爲之考訂(《中國文字》第十五冊頁 1757)。員鼎曰:「唯正月既望癸酉」,正字作♦,是兩形亦嘗混用也。

14. 德

《古籀補》曰:

> ♦ 从彳从古从心:古,古相字。相心爲悳,得於心則形於外也。〔註45〕

按:《說文》曰:「德,升也。从彳,悳聲」。段注改爲「登也」,以爲「升」乃「登」之誤。其言曰:

> 升當作登,辵部曰:「遷,登也」。此當同之。德訓登者,《公羊傳》(隱五年):「公曷爲遠而觀魚,登來之也」。何曰:「登讀言得。得來之者,齊人語。齊人名求得爲得來;作登來者,其言大而急,由口授也」。唐人詩:「千山千水得得來,得即德也。登德雙聲,一部與六部合韵又最近。今俗謂用力徒前曰德,古語也。

此據齊人之語而說德登之誼者也。《易・剝》:「君子得輿,小人剝廬」,《經典釋文》得輿:「京作「德輿」,董作「德車」。《禮記・曲禮上》:「德車結旌」,注:「德車亦乘車」。故許氏之說有據。《說文・悳字》曰:「♦ 外得於人,內得於己也」,金文中德字除作專名外,皆假借爲悳,或借爲道德字,悳字因而轉廢。愙齋所言,不切本形本義;蓋德字所从♦、♦、♦、♦形,皆是「直」字,而非「相」字(如相侯簋之相字作♦),字形殊異。

　　(以上卷二)

15. 世

《字說》曰:

> ……古文世,从卉从止。見邵鍾……世作♦。……或从十止,見師遽敦……世作♦。或作♦(連按:此乃百世合文),見師遽方尊。……或作♦,見趞尊。……或作♦,見拍盤,永世毋出,阮氏釋葉。或作♦,見陳侯因資敦。……或作♦,見祖日庚乃孫敦。……从♦、从♦、从♦、从♦皆世字之繁文,葉世二字,古本一字。《詩・長發》:「昔在中葉」,《傳》:「葉,

〔註44〕 金祥恆:〈釋又♦♦♦〉,載於《中國文字》第七冊,頁773。
〔註45〕 書同注1,頁25。

世也」；《文選・吳都賦》：「雖累葉百疊」，劉注：「葉猶世也」；《淮南子》：
「稱譽葉語」，注：「葉，世也」。凡訓世之葉，疑即从木之世字。古器有
象兩足形者，濰縣陳氏藏尊🔣，殷人尚質，文以形傳，兩足繼壇，
即世世子孫永寶之意，此世字之最古者（連接：此言非是，雙足跡形爲作
器者之族徽）。世止同音，古或相通；《詩》：「繩其祖武」，武亦足迹也。

按：《說文》云：「世　三十年爲一世，从卉而曳長之，亦取其聲也」。三十年爲一
世之說，自古已然；而許氏因其字誼解字形，於小篆則可，於金文則不無可疑。如
徐王鼎作🔣，伯🔣簋（三代七、二六）作🔣，鄦伯簋作🔣，且日庚簋作🔣、🔣，陳
侯午錞作🔣、🔣，皆與許說不合。林義光曰：

按：三十引長，非三十年之義。古作世（吳尊彝）當爲葉之古文，象莖及
葉之形，草木之葉重累百疊，故引伸爲世代之世，字亦作葉。（《文源》）

張日昇從之而更爲詳說：

金文作世，與三十并之🔣形近，然後者乃三丨串連，而前者則象枝葉
之形，本不相同。寧簋作🔣，此乃正體，🔣、🔣皆其譌變，字或从木，若
竹、若茉，並爲意符，明其爲植物之葉也。〔註46〕

此言是也。世與葉通用，多見於經典，如就古金文證之：鄦伯簋：「十世不忘獻身在
畢公家」，世字作🔣；鄦王子鐘：「萬葉鼓之」，葉字作🔣，此中🔣、🔣誼同，只左
右、上下異構耳，後人有世、枼（葉）之分。

16. 訊

《古籀補》曰：

🔣　古訊字，从系从口，執敵而訊之也。〔註47〕

《說文》曰：「訊　問也。从言，丮聲」。甲骨文訊字作🔣（藏一六三、二）、🔣（續
三、三一、五），非從女字，乃象人兩手反綁於身後；以言訊，故从口。第五期之🔣，
後有絲形，與金文相近。兮甲盤作🔣，手在身後反綁之形顯然；虢季子白盤作🔣，
手形不顯，譌變之故也；而金文訊字，人腳受縛，與甲骨文稍異。金文🔣，薛尙功
釋僕，張石瓠釋繫，劉心源釋緯、徐同柏釋馘、孫詒讓釋絢，諸家之說皆非。陳介
祺始釋爲訊，憲齋從之，並加以闡發。《憲齋集古錄》曰：

🔣，古訊字。《詩・出車》：「執訊獲醜」，《箋》云：「訊，言也」；〈皇矣〉：
「執訊連連」。《說文》訊本作誰。《禮記・王制》：「以訊馘告」，《釋文》：

〔註46〕書同注6，0263，世。
〔註47〕書同注1，頁34。

「訊本作訙」。此象獲醜之形，執繫之，故从糸；以言訊，故从口。﹝註48﹞
其言是也。《漢書・張湯傳》：「訊鞫論報」，注：「師古曰：『考問也』」；〈鄒陽傳〉：「卒
從吏訊」，注：「師古曰：『訊謂鞫問也』」。張亞初於〈甲骨金文零釋〉一文中曰：

「囗巳卜，爭貞，王𠙻」（珠八一一）

「戊申〔卜，囗〕貞，王其𠙻」（外二三四）

「貞勿𠙻（前六、二七、二）（以上第一期）

「乙丑王𠙻夊才宷」（續三、三一、五）（第五期）

　　　第五期之𠙻字从口从雙手被綑縛於身後之人，與金文訊字相同。
《詩・魯頌・泮水》：「矯矯虎臣……在泮獻囚」，王訊之卜與此可以互相
對照。訊可能是訊問俘虜，也可能是審訊罪犯。……「王訊夊」之「夊」
是人名，卜辭中有「乙丑，帚好易夊才宷」（《續》三、三一、一；《佚》
九一五），這兩條材料，人物、時間、地點都相同；前者講「王訊夊」，後
者講「帚好錫夊」；審訊與賞賜是有矛盾的。所以，「王訊夊」的訊似應理
解爲諮訊之訊。﹝註49﹞

訊从丮聲，乃後起形聲字，𠙻乃其初文，考問之誼也；其引伸爲諮訊，抑或始於甲
骨文時代。

17. 譌

《字說》曰：

散氏盤「𧮫𧮫之」、師寰敦蓋「𧮫我貝𢆶」器文作𧮫，象白戎敦
「𧮫白了且考」，𧮫、𧮫、𧮫三字相近，疑古文譌繇爲一字。《說文解字》：
「繇，隨從也。从系，䌛聲」，孫愐音余招切。繇役之繇、謠諑之謠古皆
作繇。《詩・正月》：「民之訛言」，許書引作譌言；《爾雅・釋詁》注：「世
以妖言爲訛」；《山海經》譌火注：「譌亦妖訛字」。蓋爲字古文作𤔔，亦作
�，此从�、�後人遂釋爲譌，又因𧮫字似从系而轉爲繇，此漢儒之異
釋，一字孳乳爲兩字也。〈離騷〉：「謠諑謂余以善淫」，注：「謠謂毀也」；
《後漢書・劉陶傳》注：「謠言，謂聽百姓風謠善惡而黜陟之也。」古謂
之譌言，今謂之謠言，實一字之轉也。許書：「䌛，徒歌，从言肉」，疑䌛
即譌、繇之省。古文之變小篆，有由簡而繇之字，有由繁而簡之字，省𧮫
爲䚶，先繁而後簡也。許書：「囮，譯也。从口化，率鳥者繫生鳥以來之，

﹝註48﹞ 吳大澂《愙齋集古錄》，（上海，涵芬樓出版），冊 16，頁 11。

﹝註49﹞ 張亞初：〈甲骨金文零釋〉，載於《古文字研究》第六輯。

名曰圐，讀若譌。或從譌作「」。又音由，王氏句讀謂譌聲不能讀譌，不知譌譌為一字耳〔註50〕

按：（散氏盤）、（師袁敦）兩字，《古籀補》隸定為譌，收入卷三，並謂古譌、譌本一字，後人分化為二。《金文編》則隸定作譌，收入卷十二，並增收（泉伯簋）、（懋史鼎）兩形，而不以為上古譌、譌一字。說與愙齋同者，如劉心源、聞一多、李孝定先生；強運開不主上古一字，而謂譌、譌形義俱近，可互通。容庚、高田忠周與愙齋大異，高田氏謂譌即由字，鳥所由來也。（此依許說。）又謂「為」「偽」「譌」古同字，後世分化為三，可與「化」、「訛」通假，總之，譌、譌二字形義皆不相涉。然《說文》載圐字之異文作，此乃愙齋所引之力證，高田氏之說固佳，而無以解說此一事實，故逕指《說文》誤載，謂圐實圐之誤。為證成己說而擅改《說文》，勢所不取。容庚《金文編》亦有可商，即使不以為上古譌、譌一字，而散盤字應隸定為「譌」，左從言，右從為，至明確者也，何得一併隸定作譌而歸入卷十二乎？劉心源曰：

> 譌即謠，即譌，即譌，亦即猷。……謠言即譌言，譌一作訛。《說文》圐，或字作圐。……故譌譌同字，此銘從𠂤從言，即譌省；又從用，即古為省，蓋合譌譌二字為之。猷者，發語辭。〈大誥〉：「王若曰猷」，馬本作譌。《爾雅·釋詁》：「猷，言也。」注：「猷者道，道亦言也」。〈幽通賦〉：「謨先聖之大猷兮」，注：「猷或作譌」是也。〔註51〕

聞一多曰：

> 《說文》口部曰：「圐，譯也，從口化聲，率鳥者繫生鳥以來之，名曰圐。讀若譌。圐，圐或從譌，又音由」。案：「又音由」三字似後人所沾，然其音不誤。……譌由一聲之轉，譌訓訛，由之為言誘也（《說文》搯之重文作抽，又作捔）誘亦訛也。然則因聲求義，率鳥之說當較近古，顧亦非其朔。……譌譌本係一字，無取通假也。……通鑑口（桂馥《說文義證》引）紀曰：「安南出象處曰象山，歲一捕之，縛欄道旁，中為大穽，以雌象行前為媒，遺甘蔗於地，傅藥於蔗上，雄象其食蔗，漸引入欄，閉其中，就穽中教習馴擾之；始甚咆哮，穽深不可出，牧者以言語諭之，久則漸解人意」。口象欄形，譌則手牽象而以言語教諭之。制字之意與殊方土俗捕象之法悉合，然則圐之本義為象圐明矣。蓋依字形所示圐之中心意義本指既捕後教習馴擾之事，擴大言之，凡誘致生象之事及其所用之媒並欄穽之屬

〔註50〕書同註4，頁23。
〔註51〕書同註30，卷四，頁17，〈泉伯戜敦〉。

諸邊緣意亦俱謂之圈也。〔註52〕

此說頗見合理。誘致生象，而以言語教論之，其所謂「邊緣意」，如訓爲發語詞（彔伯簋「王若曰彔伯瑊緐自乓且考又𠤳于周邦」）、訓爲譎詐（師衰簋「淮尸夷緐我�晦臣」）……聞氏之說可存。緐（譌）字右旁从象，加「𓎟」形非象首，參「爲」字字形可知；疑「𓎟」與「系」有關（《說文》曰：「系，繫也。从糸ノ聲」），表受拘束之象也。「爲」字之古金文从手牽象，不从「𓎟」者，蓋已馴服而能力役，故字形與「譌」字所从微異。

18. 共

《古籀補》曰：

　　𦥑　古共字，象兩手有所執持，共手之「共」即恭敬之「恭」；从心，後人所加。〔註53〕

按：《說文》曰：「𦥑，同也，从廿卄。𦥑，古文共」。《段注》曰：「廿，二十并也；二十人皆竦手，是爲同也」。金文𦥑與《說文》从廿卄之形稍異，吳式芬首將此字隸定爲共，愙齋从之，以入《古籀補》共字中，而容庚《金文編》改入卄（𦥑）字下。陳夢家隸定爲𤕝，曰：

　　（𤕝）从二父，吳式芬誤釋爲共，《金文編》隸于𦥑下，郭沫若遂以其人即共伯和，列此器並其相聯屬諸器于屬世，是錯誤的。〔註54〕

高鴻縉曰：

　　拱字甲文作𦥑，金文偏旁習見，俱作𦥑，無作𤕝者，則釋拱非也。〔註55〕

以上二家皆以爲𦥑、𤕝兩形有別，不當隸定爲𦥑。李孝定先生曰：

　　諸家以字从𤕝，與𦥑有別，疑非𦥑字，惟釋握釋扑均覺無據，作𦥑者殆取其字形茂美，亦非从父，仍以舊說（指容庚）較勝。〔註56〕

此說可商，若徒取其茂美，遂改𦥑爲𤕝，則甲骨文何以無一例外而作𦥑者？何以金文無一例外而作𦥑者？故知𦥑不从二父，當有所取義。徐中舒以爲字當隸定作「共」：

　　313號與328號之𦥑、𦥑都應釋共，而此分別兩字，以𦥑爲𤕝，實誤。吳大澂《說文古籀補》已釋𦥑爲共，此字與328號共字下所列之𦥑并从𦥑从廿，金文十作丨，廿作丩，而甲骨文則省作丨、∪，古代以結繩紀事、紀數，

〔註52〕《聞一多全集》二，（臺北，里仁出版），頁545至546，〈釋圈〉。
〔註53〕書同注1，頁39。
〔註54〕王夢旦：《金文論文選第一輯》，頁303，（香港出版），〈西周銅器斷代師晨鼎〉。
〔註55〕高鴻縉《中國字例》，（臺北，廣文出版），四篇，頁25至26。
〔註56〕書同注27，頁73。

此即象結繩之形。金文以 爲关（送媵從此），爲共，即會贈送、供奉

之意。〔註57〕

　　徐中舒《漢語古文字字形表》収、共兩字如下：

収 京津 二一五四	収 甲 一二八七					
		収 諫簋	収 師晨鼎			
		収 禹鼎		共 盫肯鼎	共 楚王盫 㠯鼎	
				共 楚帛書	共 說文古文	

19. 鞞

　　《古籀補》曰：

　　　鞞 古鞞字。靜敦云：「王賜靜鞞剡」；剡，古㡰字。鞞，刀室也；㡰，射

　　鞲也，二物爲同類。〔註58〕

按：鞞爲刀室，是也。以剡爲㡰，說爲射鞲，於形可通，於義則不如郭說；郭氏謂
剡乃玭字，是也。靜敦之文意，乃王賜靜以刀室之鼻玉也，而非刀室、射鞲也。郭
沫若初解鞞爲玭〔註59〕，後改從憲齋刀室之說，其言曰：

　　　鞞鞍之鞞，仍以說刀室爲妥。二字連文，乃謂刀室上之玭也。如釋鞞爲玭，

　　玭不能脫離刀柄以爲賜予物，故知其非是。〔註60〕

《詩·小雅》：「瞻彼洛矣，鞞琫有珌」《傳》云：「鞞，容刀鞞也。琫，上飾；珌，
下飾。天子玉琫而珧珌；諸侯璗琫而璆珌；大夫鐐琫而鏐珌；士珕琫而珕珌」。鞞與
珌之異顯然。郭氏釋鞍爲玭，詳參《叢攷》頁 151〈金文餘釋釋鞞鞍〉，文長不錄。

20. 反

　　《古籀補》云：

　　　反 古反字。當从𠬞从厂，𠬞爲倒足迹形，與出字同意：出則納屨，反則

　　解屨，厂亦象屨形。倒屮爲𠬞；从又者，𠬞之變也。〔註61〕

〔註57〕　徐中舒：〈對金文編的幾點意見〉，載於《考古》1959 年第七期，頁 382。
〔註58〕　書同注 1，頁 41。
〔註59〕　郭沫若：《金文叢考》，（北京，人民出版社），頁 150 至 151。
〔註60〕　同上注，頁 161，〈金文餘釋釋鞞鞍〉。
〔註61〕　書同注 1，頁 45。

按:《說文》曰:「反,覆也。从又厂,反形。古文作𠬡。」愙齋據《周禮》「出則納履,入則解履」之說,遂以爲「反」字爲脫履之形。然稽諸甲金文,未有一反字不从又者,愙齋之臆說無據。高鴻縉曰:

> 反當爲扳之初字。扳,援引也、挽也,後反通用爲覆意,後人乃又加手旁爲意符作扳。《公羊・隱公元年傳》:「諸大夫扳隱而立之」。〔註62〕

李孝定先生於《集釋》頁 921 之說略同,後又以爲楊樹達之說最確,楊說曰:

> 《說文》三篇下又部云:「反,覆也。从又厂,反形。古文作𠬡」。按:許君此說,形義不相合,後儒紛紛爲說以申其義。……許君立訓既乖,則申證者自皆無當。……《說文》三篇上𰀁部云:「𰀁,引也。从反𰀁,或作攀(今字作攀)」。反字从又从厂者,厂爲山石厓巖,謂人以手攀厓也。古文所從厂作二畫者,猶磬字古文作𦕈,所從石字厂形作三畫也。反與𰀁異者,𰀁爲象形字,但示兩手向外援引之形,反爲會意字,能攀之手與所攀之厓二者皆備爾。經傳有扳字。隱公元年《公羊傳》曰:「隱長又賢,諸大夫扳隱而立之」,何注云:「扳,引也」。扳訓引,與《說文》𰀁字訓同。《禮記・喪大記》注云:「承衾哭者,哀慕若欲扳援」,《釋文》云:「扳本又作攀」。……按:扳實反之後起加旁字,……𰀁與扳爲同字,反與扳亦爲同字,反與𰀁當爲一字明矣。〔註63〕

21. 史

《古籀補》曰:

> 𠁱 記事者也。象手執簡形。許氏說:从又持中;中,正也。按:古文中作𦤕,無作中者。〔註64〕

按:甲骨文史字作𠁱(《前》四、二八、三)、𠁱(《粹》一二四四);金文史字作𠁱(史父丁簋)、𠁱(頌鼎)、𠁱(朿上匜)。甲骨文中字作𦤕(《乙》七七四一)、𦤕(《前》六、二、三)、中(《菁》三、一),(如《京都》二六九作中,殆屬譌變);金文中字作𦤕(中婦鼎)、𦤕(卯簋)、中(散盤)。史字作口,中字作〇,史字不从中,愙齋之言是也。其謂象手執簡形,然簡固不作中形,是可疑也。江永曰:

> 凡官府簿書謂之中,……其字从又从中,又者右手,以手持簿書也。〔註65〕

王國維曰:

〔註62〕 書同注 55,五篇,頁 198。
〔註63〕 楊樹達《積微居小學述林》,(臺北,大通出版),頁 67,〈釋反〉。
〔註64〕 書同注 1,頁 46。
〔註65〕 江永:《周禮疑義舉要》,(臺北,藝文出版)。

江氏以爲中爲簿書，較吳氏以中爲簡者得之。顧簿書何以云中，亦不能得其說。按：《周禮》太史職：「凡射事，飾中舍算」，……是中者，盛算之器也。……射時舍算，既爲史事，而他事用算者，亦史之所掌。算與簡策本是一物，又皆爲史之所執，則盛算之中，蓋亦用以盛簡；簡之多者，自當編之爲篇：若數在十簡左右者，盛之於中，其用較便。〔註66〕

論者多從王氏之說，而亦不無疑焉，如李孝定先生曰：

且誠如王說，則卜辭所見諸史字應有作■若■者矣，而實未一見，此實與象形文字之常例不合。〔註67〕

史字不从中，其朔誼與中無關，江永、王國維之說不可信。白川靜曰：

其字形从口，與告相近。从口之字，卜文中其數最多，皆含有有關祝告之意。史亦祝告而祀之祭禮也。……對史字之解釋，必須是合乎含有ㅂ、曰、言等數百文字之全體而妥當者；此等文字將ㅂㅂ解爲祝告之器，則皆可得出無所矛盾之解釋。〔註68〕

白川靜以卜辭「ㅂ王史」之ㅂ，應从于省吾釋甾，讀爲載，而與史字音近；史字象收祝告載書之辭于ㅂ中而捧持之形〔註69〕。其解使字則曰：

告時，以ㅂ附於有叉枝之大神棒，奉之而行，稱之爲使；使者，祭祀之使者也。〔註70〕

諸說可商，史字未有定論。

22. 事

《古籀補》曰：

■ 古文事使爲一字，象手執簡，立於旂下，史臣奉使之意，此事之最古者。小子師敦：「乙未饗事」，亦釋饗使。〔註71〕

按：《說文》曰：「事，職也，从史，止省聲。■，古文事」。古金文吏、使、事三字通用無別，《說文》解事字之本形未允。劉心源曰：

吏讀爲事。《說文》一部：「吏，治人者也。从一史，史亦聲」；史部：事，从史，止省聲。古文作■，从止不省；古刻吏作■、■二形，用爲事、爲

〔註66〕 書同注2，頁263，〈釋史〉。
〔註67〕 書同注12，頁969。
〔註68〕 書同注14，卷三下，頁582至588。
〔註69〕 《甲骨金文學論叢》初集，頁1至66，〈釋史〉。
〔註70〕 書同注68。
〔註71〕 書同注1，頁46。

使、爲史。小篆吕🖼爲吏，从中直筆下貫之🖼爲事，始分爲二。如守𣪘：
「王🖼小臣守🖼于夷」，竝讀爲使；頌鼎「用🖼」讀爲事。〔註72〕

高田忠周云：

> 事、吏、使音義皆同，鐘鼎古文有事，無吏、使，即知三代吏、使、事唯
> 以事爲之，此銘亦可證矣。〔註73〕

毛公鼎之🖼、師𡥏敦之🖼，上从旅形，非「从屮不省」也。方濬益曰：

> 古使、吏、事三字恆通用。此使字从史持认，出使者之所載，與旅字同意。
> 〔註74〕

愙齋「執簡形」之說可商而外，餘與方氏略同，此二家之說較勝。

23. 聿

《古籀補》曰：

> 🖼 古聿字。象手執木；木，不律也。〔註75〕

按：《說文》云：「聿，所以書也。楚謂之聿，吳謂之不律，燕謂之弗。从聿，一聲」。
愙齋於此糾正《說文》之失，聿字象手持筆形，非从聿一聲。者沪鐘：「光之于聿（肆）」，
聿字作🖼，此殆許氏誤从一聲之由也。

24. 畫

《古籀補》曰：

> 🖼，畫古文。从聿，从爻，从周；爻，交也；象手執筆，畫于四周，
> 文相交錯，與彤同意。許氏說：「彤，琢文也」。〔註76〕

按《說文》曰：「畫，界也。象田四界，聿所以畫之。凡畫之屬皆從畫。🖼，古文畫
省。劃，亦古文畫」。郭氏釋妻爲規，釋畫爲「以規畫圓」，張日昇合之以商承祚「象
畫田正經畍之形」之說，乃曰：

> 諸家之說从郭、商兩說較近。字从妻，規之古文；从囲，妻亦聲；囲乃田
> 周四至，周妻爲規畫，妻規古音同在佳部，並爲喉音，正田經界乃畫之本
> 義。〔註77〕

〔註72〕 書同注 30，卷一，頁 26 至 27，〈玒鼎〉。
〔註73〕 書同注 20，之五九，頁 22 至 23。
〔註74〕 方濬益：《綴遺齋彝器款識考釋》，（上海，涵芬樓出版），卷四，頁 4，〈揚鼎〉。
〔註75〕 書同注 1，頁 47。
〔註76〕 同上注。
〔註77〕 書同注 6，0384，畫。

畫字《說文》所無，魯實先生駁郭氏釋規之說，見於《殷契新詮》之三頁 1 至 4。
張氏既從郭說，釋畫爲規之古文，則其比較畫、規之古韵部了無意義。李孝定先生
曰：

> 畫字許君以爲从「田」，而金文从周。按：字从聿从乂从周，當是會意；
> 乂周並所繪文，吳大澂氏所謂文相交錯者是也。〔註78〕

25. 寺

《古籀補》曰：

> 寺，古持字，从又持之，又即手也。邾公望鐘：分器是寺」。寺，石鼓文
> 曰：「弓茲以寺」，又曰：「秀弓寺射」〔註79〕

按：《說文》云：「寺，廷也，有法度者也。从寸，止聲」。許氏訓廷，實乃持誼之引
伸。憲齋訓持，方濬益已發之，見於《綴遺》卷二、頁 12。林義光之說同：

> 按：从寸無法度意。古作寺（邾公牼鐘）、寺（沇伯寺敦），从又从之，本
> 義爲持。又象手形，手之所之爲持也。之亦聲。（《文源》）

26. 斁

《字說》曰：

> 《爾雅·釋詁》：「射，厭也」，《釋文》：「射本作斁」；《詩·清廟》：「無射
> 于人斯」，《釋文》：「射，厭也」；《禮記大傳》注作無斁于人斯；〈葛覃〉：
> 「服之無斁」，《傳》：「斁，厭也」，《禮記·緇衣》作服之無射；……大澂
> 竊疑經典相通之字，形聲必相近，斁、射字體絕不類，何由得而相通？以
> 鐘鼎彝器文證之。虢叔鐘（圖）與師望鼎（圖）當釋得純無斁，言德之
> 純一不已也。毛公鼎（圖），當讀肆皇天無斁。臨保我有
> 周，言天不厭周邦也。即詩無射亦保之意。靜敦（圖），學無斁者，言
> 學之不厭也。兮田盤（圖），休無斁者，猶言無疆惟休也。（圖）、（圖）、（圖）、
> （圖）、（圖）五字異體，本非射字，後人或釋作斁，或釋作射，字不同而訓則同
> 也。筠清館載小子射鼎作（圖），疑亦斁字。《詩·思齊·釋文》：「斁，擇也」。
> （圖）父目視弓，下从兩手，有選擇之意，又與（圖）字相似。許書：「斁，解也，
> 一曰終也」。《周禮》大師無射注：「無射，戌之氣也，九月建焉，而辰在
> 大火，陽至亥而終，九月在戌，陽氣未終，故曰無射。〔註80〕

〔註78〕 書同注 27，頁 97。
〔註79〕 書同注 1，頁 49。
〔註80〕 書同注 4，頁 22。

按：《說文》曰：「𢾭，解也。从攴，睪聲。詩云：『服之無𢾭』，𢾭，猒也，一曰終也」。無𢾭、無射通用之例，愙齋徵引頗詳；睪聲、射聲同在鐸部，故可互通。而《古籀補》𢾭下所錄字形可分幾類：

（A）𡿨：唐蘭以爲誤寫，張日昇以爲與（B）同。

（B）𡿨：當隸定爲睪，假借爲𢾭。

（C）𡿨：于省吾釋睪，見《雙選》卷下一頁 4 小子睪鼎。《金文編‧附錄》。

（D）𣏗、𣏚、𣏛、𣏜：當隸定爲敊。

（E）𡿨：隸定爲𢾭，是也。

（A）組𡿨字，異說頗多。戴家祥以爲當隸定爲𡿨，即《說文》之睞字，古金文「無𡿨」假借爲「無射」，其言曰：

> 《說文》目部無睞字，而有从失之睞，訓「目不正也」。段玉裁謂：「淺人無識，以譌體改《說文》，字應作睞」。竊疑睞字从目从矢在六書爲會意；从目失聲，則變爲形聲，此六書嬗變例也。陸德明《公羊釋文》云：「睞本又作睞，丑乙反，又大結反」，則與失聲並相近，是从失非誤字也。……至睞字在金文則當讀爲射，同音假借字也。師𤸤簋、靜彝及毛公鼎均以無睞爲文，讀爲無射；無射乃宗周成語，本爲無厭之義。（〈睞字說〉）

戴氏此說可商。段氏疑睞爲睞之譌，實具卓識，不容置疑說見李孝定先生《集釋》頁 1152。況矢、失古音不相近，戴說非也。戴氏謂無睞、無睞與無射通假，高鴻縉亦隸定爲睞，曰从目矢聲，然而矢聲在脂部（《說文》無睞字），失聲在質部，射聲在鐸部，古音既不同部，其說殆非。張日昇以爲𡿨當隸定爲睪，假借爲𢾭，睪、射古音同在鐸部，合於通假之條件。周法高先生亦主是說，其言曰：

> 《古文字類編》81 頁𢾭字下有牆盤，《古文字字形表》133 頁睞字下有牆盤𡿨，非是，今據《類編》收入𢾭字下。〔註81〕

唐蘭則以爲毛公鼎之𡿨誤寫，下當从大，非从矢，與殬通，解爲「敗」〔註82〕。總之，𡿨不當隸定爲睞字。上述（B）組字𡿨，當從楊樹達說，隸定爲睪，假借爲𢾭，靜簋所云學無睪（𢾭）者，言學之不厭也，愙齋說義極是。而欒書缶「擇其吉金」作𢾭，借𢾭爲睪，故知𢾭、睪二字可互相假借。

（以上卷三）

〔註81〕 周法高：《金文詁林補》，（台北，中研院史語所），0422，𢾭。

〔註82〕 唐蘭：〈略論西周微史家族窖藏銅器群的重要意義，史牆盤「昊炤照亡無睞𢾭」〉，戴於《文物》1978 年第三期，頁 24。

27. 棄

《古籀補》曰：

　　𣚞，棄捐也。𠬞象箕形。許氏說：「从𠀎推華棄之」。散氏盤。〔註83〕

按：《說文》曰：「𣚞，捐也。从𠀎推華棄之。从𠫓；𠫓，逆子也。𠚒，古文棄；�，籀文棄」。高田忠周言散氏盤棄字曰：

　　阮氏釋徹。徹，古徹字。又《萃編》云𣚞即諆字，《說文》諆古文作𣚞，

　　然宋本《說文》作𣚞，二家說字形不合也；唯《古籀補》釋棄，形義並

　　是。〔註84〕

悫齋解棄字遵許說，而《說文》所謂「从𠫓；𠫓，逆子也」於理難通，故未盡從許
說。甲骨文棄字作𣚞（下二一、一四），活繪上古棄嬰之習，「子」字旁著兩點，董
彥堂先生以為此乃嬰兒與其衣胞之血漿〔註85〕。金文與小篆棄字從倒形子，許氏訓
為逆子，田倩君先生曰：

　　初生之子怎能知道他將來孝與不孝呢？這種說法過於牽強。〔註86〕

王筠曰：

　　逆子可棄，而非可以華棄之。（《說文句讀》）

朱駿聲曰：「子生首先出，惟倒為順，故育字流字皆從之會意」，俞曲園先生《兒笘
錄》曰：「𠫓象子初生之形，非逆子也」。據如上諸說以察《古籀補》，知悫齋立說審
慎不苟之一斑。

28. 受

《古籀補》曰：

　　𤓱，上下相付也，兩手持舟，承尊之器。〔註87〕

按：《說文》云：「受，相付也。从𤓰，舟省聲」。林義光曰：

　　象相授受形，舟聲。授、受二字，古皆作受。（《文源》）

改《說文》「舟省聲」為「舟聲」，仍以為形聲字，未允。悫齋所言，舟乃象形一承
尊之器，而非無所取誼。《周禮》司尊彝：「祼，用雞彝鳥彝，皆有舟」，注：「鄭司
農云：『舟，尊下臺，若今時承槃』」。明義士曰：

　　按𤓱从𤓰从舟不省，象一人以手付盤盂，一人以手承受之形。受授之義，

〔註83〕　書同註1，頁61。

〔註84〕　書同註20，之二二，頁45。

〔註85〕　董作賓：〈被棄了的嬰孩〉，載於見《中國文字》第三八冊，頁4183。

〔註86〕　田倩君：〈說棄〉，載於《中國文字》第十三冊，頁1477。

〔註87〕　書同註1，頁62。

描畫頗切，於此可見古人在心理學上，早已注意及之。又按⚘上之又，或作✖、作✗、作✙，皆象手形，《說文》誤爲覆手之爪。金文毛公鼎「雁受大命」，舀鼎「舀受休」，盂鼎「受天有大命……受民受疆土」，國差𬭳「侯氏受福」等，亦從受从舟不省，與甲骨文同，其意義亦同也。厥後受授之意不明，乃加一手旁作授，而以承受字作受，付予字作授。其始受授固一字也。〔註88〕

29. 敢

《古籀補》曰：

    🔣　敢，勇敢也。象兩手相執，有物格之，箝其口。〔註89〕

按：《說文》曰：「🔣，進取也，从受，古聲。🔣，籀文敢。🔣，古文敢」。愙齋所言，乃从二又、从口，皆成文；另加一物以格之，所謂「一物」，不成文。此蓋黃季剛先生所謂雜體者也〔註90〕而箝其口之說未聞。孫詒讓以爲从甘〔註91〕

林義光云：

    敢，古作🔣（盂鼎）；🔣，象手相持形，與爭同意，甘聲。（《文源》）

其說近是。許師錟輝曰：

    🔣（毛公鼎）、🔣（師虎𣪘）、🔣（盂鼎）、🔣（夰甲盤）、🔣（召伯𣪘）字並从爭从甘，甘亦聲。美味爲甘，引伸爲一切甘美之稱。爭甘美之物，勇於進取也。……爭，於甲骨文作🔣（藏三、一），从二又，示二手相爭引之義。上出金文諸敢字，所从爭作🔣、🔣、🔣、🔣，並從二又，與甲文同。胡光煒曰：「金文敢字至多，常形作🔣，从🔣从口；🔣从二屮引丿，蓋爭之本字」（《說文古文考》卷上頁49）說至允當。（《說文》）籀文🔣，蓋由金文🔣所譌變，曰譌爲月，🔣譌爲彐殳二字。……金文或作🔣（頌鼎）、🔣（守𣪘）、🔣（追𣪘）、🔣（師遽𣪘），並从爭从口會意，口甘義近古通，（連按：許師於同書頁67引口甘古通之例，如甚古文从口作🔣，見《說文》；旨之甲文或作🔣，或从口作🔣；友於金文作🔣，或从甘作🔣，獸之金文或从口作🔣；湛之金文作🔣，皆其例也）。篆文🔣，由此而譌變，🔣譌變爲爪、十、又三字，爪、又合爲受，十、口合爲古。〔註92〕

〔註88〕嚴一萍：《柏根氏舊藏甲骨文字考釋》，（臺北，藝文出版），頁22。
〔註89〕書同注1，頁62。
〔註90〕黃季剛：《黃侃論學雜著》，（臺北，學藝出版），頁4。
〔註91〕孫詒讓《古籀餘論》，（河北，燕京大學），卷三，頁20，〈楷改彝〉。
〔註92〕許錟輝：《說文重文形體考》，（臺北，文津出版）四，頁5，🔣。

此說最爲精當。《一切經音義》十六引三倉曰：「敢，必行也」，《廣雅》曰：「敢，犯也」，其誼皆近。而白川靜則以爲此皆敢字之引伸義，非朔義也，其言曰：

> （吳大澂、林義光）皆以「敢」爲鬥爭爲字之本義而解之者也，然從金文之用例及嚴字之義觀之，其解釋蓋誤也。金文字形示爲酌之象，灌爲酒也，謂行灌爲之禮。……敢有灌爲之嚴恭而迎神之意，故敢多于神事，用爲表示其嚴恭之意。令彝：「作冊令敢揚明公尹厥休，用作文父丁寶障彝，敢追明公賞于父丁，用光父丁」，君夫毀：「君夫敢敏揚王休，用作文父丁鱝彝」，虢叔旅鐘：「旅敢肇帥井皇考威義」等，皆其例也。……《說文》所云進取也，乃後起之義也。〔註93〕

其說形未允，說誼亦可商。《儀禮・士虞禮》：「敢用絜牲剛鬣」，鄭玄注：「敢，冒昧之辭」，賈公彥疏：「凡言敢者，皆是以卑觸尊，不自明之意，故云冒昧之辭」。古金文敢字用爲謙辭耳，舊訓敢爲進取，爲犯，均不誤。

30. 死（屍）

《字說》曰：

> 屍字从尸从夕，主也；古文省作夕。自後人避生夕之夕，遂改屍爲尸。《書・康王之誥・序》：「康王既尸天子」，《傳》云：「尸，主也」；《詩・采蘋》：「誰其尸之」，《傳》云：「尸，主也」。《左氏・成十七年傳》「殺老牛，莫敢尸」，《穀梁・隱五年傳》：「卑不尸大功」，注皆訓尸爲主，皆當作屍，不當作「淮尸」之尸（夷）。盂鼎：「迺召夾夕」即夾屍之省，言夾輔其主也。《說文》：「屍，終主也」，引伸之，凡爲主者皆爲屍。《書》：「太康尸位」，亦當作屍位，言太康主天子之位，猶言太康即位也，乃後人誤解以尸位爲不事事之義，而屍字之古義廢矣。〔註94〕

按：《說文》曰：「屍，終主也」，段注云：「終主者，方死無所主，是以爲主也」。知屍字之朔義乃死者之軀體，但古音與尸同，銘文中訓「主」之尸（「主」實亦非尸之朔義，詳52夷字條），或偶借屍字，寫作𡰥，如康鼎：「王命尸辭王家」，字作𡰥。祭祀之尸，則無借用屍字者。雖同音而不互用通假，忌諱使然。而屍乃後起字，死者之軀體，上古寫作𡰥；後「夕」爲生死之義所奪，乃另造从尸从夕之屍。楊樹達《金石》頁22至23〈釋夕〉，說極精當。《呂氏春秋・離謂篇》云：「鄭之富人有溺者，人得其夕者，富人請贖之」，即其例也。尸訓「主」，以音同而偶借𡰥字爲之，

〔註93〕　書同注14，卷四下，頁808至809。
〔註94〕　書同注4，頁32。

愙齋遂以爲尸從屍省，古皆當寫作屍字，非也。而其以爲屍字最古，省作夕，亦非。今所見銘文屍字，以𠂤爲最古，固無作𡰱者，何省之有？又於此可見𡰱省作尸之說無據也。不知夕、夕二字造字之先後，是其誤也（參見 52 條夷字）

（以上卷四）

31. 簠

《字說》云：

《禮・明堂位》云：「夏后氏之四連，殷之六瑚，周之八簋」，疑六瑚當作
六簠。《左氏・哀十一年傳》：「胡簋之事」，注：「胡簋，禮器名。夏曰胡，
周曰簋」；胡簋即簠簋之誤。古文簠作匡，或加金旁作鎠，或從故作㔣，
虢叔作叔殷穀簠作𣪘，簠之反文，正與胡字相似：知胡簋即簠簋矣。或古
文有從玉之簠，反書作𤣥，而漢儒遂釋爲瑚字，未可知也。〔註95〕

按：《說文》云：「簠，黍稷圓器也。從竹皿，甫聲。匡，古文簠，從匸夫」。簠與
匡、瑚同，此說見於阮元《積古齋款識》卷七頁 2，愙齋承之。金文簠字異體頗多，
如匡（鑄子簠）、𣪘（鑄未簠）、㔣（商丘未簠）、匡（鄀公簠）、匡（季宮父簠）、𣪘
（魯士簠）、𠦝（旅虎簠），所從之聲符，古音皆屬魚部，以聲相繫而繁衍。強運開
《古籀三補》謂匡乃《說文》之盬字，與簠有別，未爲達論。楊樹達云：

《說文》五篇上，皿部有盬字，云器也，從皿從缶，古聲，自來說者皆不
詳其用，竊疑其爲金文匡字之或體也。字從皿，與簠同；從古，聲與匡同；
從缶，表其初器之質，猶簠之從竹也。〔註96〕

32. 工

《字說》曰：

《詩・縣》：「乃召司空，乃召司徒」，《鄭箋》：「司徒、司空，卿官也；
司空掌營國邑，司徒掌徒役之事」。《正義》云：「大王之時，以殷之大國，
當立三卿，其一蓋司馬乎」。大澂竊謂三代設官，皆質言之。司土、司馬、
司工爲三卿：司土掌土地人民，司馬掌戎馬，司工掌營造工作。周末文字
日趨於繁縟，土字加走爲𨑖，以司徒掌徒役徒眾，猶可言也；工字加穴爲
空，司馬所司何事，不可解也。《白虎通》強爲之說曰：「司空主土，不言
土，言空者，空尚主之，何況於實？以微見著」。此豈古聖王設官之本意

〔註95〕書同注 4，頁 35。
〔註96〕書同注 63，頁 11，〈釋簠〉。

哉？散氏盤【圖】，雖文義不可盡曉，而嗣土、嗣馬、嗣工之官名顯而易識。薛氏《款識》戡敦【圖】中比【圖】土官【圖】獺田，牧敦【圖】中比【圖】土：司工，彝文作【圖】工，薛氏釋司空，轉以工爲假借字。……知晚周已有司徒之稱，而司工尚仍舊名，無稱司空者。……今經典所稱司空，皆漢人所改。蓋古文工字有作【圖】者，見焦山郘惠鼎【圖】往【圖】中，下云【圖】【圖】紅，漢時女工作女紅，即【圖】字之沿誤。安知不因工字作【圖】而誤讀爲空耶。〔註97〕

按：古金文司空字作「工」，司空之朔義亦非如白虎通所言，憲齋之說是。而郘惠鼎之【圖】非工字。其銘文曰：

王乎叟翏冊令無虫曰官嗣【圖】王退側虎臣

張日昇云：

嗣字似當與官字連續，「官嗣」於金文中爲一習見成語，乃一動詞組，如伊簋：「【圖】官嗣康宮王臣妾百工」。〔註98〕

李孝定先生云：

右旁所从象禾采形，即采字。此字當隸定作紅，應爲从采工聲，蓋古佚文也。紅王爲王號，非與上文司字連續爲司功若司空也，銘意蓋即所司爲紅王之退側虎臣耳。（同上引）

33. 靜

《古籀補》云：

【圖】，不爭也。从爭，从清省。古爭从【圖】，上以爪按其力，下以手承之，象三人相爭形。〔註99〕

按：《說文》曰：「靜，審也（段注本作「宷也」）。从青，爭聲」。憲齋不從許說，然既曰象三人相爭，何以謂之「不爭」，形義牴牾，殊不可解；或因牽於後世安諡誼而強爲之說。高田忠周尊許說，曰：

朱駿聲云：「經傳皆以精爲之」蓋是。青下曰：「信如丹青」，靜字从青，其意可知矣。爭亦有競辨義，聲當兼意，靜字假借義專行而本義殆廢。

〔註100〕

此說較勝。如《後漢書・蔡邕傳・贊》：「邕實慕靜」，《南史・齊武陵昭曄傳》：「臣

〔註97〕書同注4，頁20。
〔註98〕周法高等：《金文詁林附錄》，（香港，中文大學），頁1705，3196號。
〔註99〕書同注1，頁77。
〔註100〕書同注20之八，頁29。

好棲靜」，訓爲安謐，已非許氏之本誼。

34. 射

《古籀補》曰：

    象手執弓矢形，小篆从身从寸，非是。〔註101〕

按：《說文》曰：「 弓弩發於身而中於遠也。从矢，从身。 ，篆文躲。从寸；寸，法度也，亦手也」。慤齋之說是。劉心源曰：

    从手執弓矢象形會意最爲古簡，小篆作 （連按：此乃《說文》古文）、

    ，从身。古文身作 ，有似於 ，遂肥造之，此李斯之妄，當糾正者

〔註102〕

劉氏指《說文》射字从身之誤，可从。而謂 形最爲古簡，非是。甲骨文射字作 （《藏》七八、一）、 （《藏》八八、一）金文亦作 ，見於雝伯原鼎。論者或以爲《說文》古文 由此而僞變，羅振玉曰：

    許書从身乃由弓形譌，又誤橫矢爲立矢。〔註103〕

35. 亯

《古籀補》曰：

    古亯字，象宗廟之形。〔註104〕

按：《說文》曰：「 獻也。从高省，曰象進孰物形。《孝經》曰：『祭則鬼亯之』。 篆文亯」。許氏說誼不誤，解形則非。 篆，前人不得其解，方濬益釋爲臺門形（《綴遺》卷六，頁6），陳介祺釋廟形，猶不以爲文字。《慤齋集古錄》曰：

    （ ）舊釋廟形，蓋亯字之最古字也， 本象宗廟形。〔註105〕

本爲廟祭之所，引伸而有享祭之義，是以許氏之解形非也。徐灝《說文解字注箋》主烹飪器之說，朱芳圃曰：

    余謂亯，烹飪器也。上象蓋，中象頸，下象鼓腹圓底，當爲盧之初文。……亯，烹飪器也。先民迷信鬼神，每食必祭，食物孰後，先薦鬼神，然後自食，故引伸有進獻之義」（《釋叢》頁93亯）。然金文亯、饗二字有別，亯孝字用於鬼神，饗食字用於生人，《周禮》祭亯用「亯」字，燕饗用「饗」

〔註101〕書同注1，頁81。
〔註102〕書同注30，卷二、頁9，〈盠侯鼎〉。
〔註103〕書同注43，卷中卷四，頁3。
〔註104〕書同注1，頁83。
〔註105〕書同注48，七冊，頁2， 字敦。

字，與古金文用法一致，是也。至如段氏所言：「《小戴記》用字之例，凡祭言燕饗，字皆作『饗』；《左傳》則皆言『饗』，無作『言』者」（見於《說文》段注言字下）

白川靜曰：

言與饗之用法上之區別，在金文仍明顯可見之事，言則多用於祀先人，而饗則多用於生人者。……《左傳》皆用言、《小戴記》皆用饗者，非其用字之正也，從此可以作爲推定成書時期之資料也。〔註106〕

高田忠周曰：

朱駿聲云：「《爾雅·釋詁》：『言，孝也』，《廣雅·釋言》：『言，祀』」。按：字與響別。言，神道也；饗，人道也。〔註107〕

則憲齋之說勝於朱氏。

（以上卷五）

36. 出

《字說》曰：

古出字從止ㄩ，反爲出之倒文，二字本相對也。……以足納屨爲出，當作█，變文爲█；倒出爲█，當作█，變文爲█。古禮·出則納屨，反則解屨，█象屨在足後形；出反二字正相對，與陟降二字同。《孟子》：「出乎爾者，反乎爾者也」，《荀子》：「乘其出者，是其反者也」。〔註108〕

按：反字已見前述第十八條。《說文》曰：「█　進也。象艸木益滋上出達也」。甲骨文出字作█（《鐵》三五、三）、█（《粹》三六六）、█（《拾》一四、一五）、█（《甲》二四一），金文作█（毛公鼎）、█（拍敦蓋）。王筠曰：

出字義本指人，故部中字無涉於艸木者。（《說文句讀》）

明義士曰：

█，從█（止）從ㄩ，ㄩ象坎形，從止象足自坎出也。金文毛公鼎作█，石鼓作█，猶從止從ㄩ，小篆並未失形，許君誤█爲中，於ㄩ無說，乃以█識爲獨體象形字耳。〔註109〕

李孝定先生謂█、ㄩ乃坎陷之象，古人有穴居者，故從止從ㄩ，從止之向背別出入也（《集釋》卷六、頁2074）。憲齋納屨之說不合朔誼、█、█皆非納屨之形也。

〔註106〕書同注14，卷五下，頁1094至1096。
〔註107〕書同注20之七三，頁34。
〔註108〕書同注4，頁19。
〔註109〕書同注88，頁11。

37. 賣

《古籀補》曰：

賣，賜有功也，从貝从商，今經典通作賞。賞，古償字。許氏說：「賣，行賈也」。御尊蓋：「文王賣御貝」。〔註110〕

按：《說文》賞字下曰：「賜有功也。从貝，尚聲」，《說文》賣下曰：「行賈也。从貝，商省聲」。古金文中賞字或訓「賜有功」，與許說合，如屬羌鐘「賞于韓口」（或作「賞于𣄪宗」），字作賞；又如中山王�壺「逑使其老筩策賞中仲父」，字作賞。賞字之第二誼訓償，孳乳爲後世償字，如舀鼎「償舀禾十秭」，字作賣。古金文賣字異構頗多，如賣（矢方彝）、賣（叔卣）、賣（傳卣）、賣（𡘍尊）、賣（殷甗），皆訓「賜有功」，而非許氏所云「行賈也」。上列賣字字形，《漢語古文字字形表》將其前四形隸爲賞，而又隸定爲賣。則上古賞、賣固爲一字，賜有功也。其中「賣」形孳乳爲後世之償，又其中「賣」形亦隸定爲商，如上列殷甗「王賞作冊般貝」，字作賣，即《書·費誓》「我商賚汝」之商，賞也。

38. 邦

《古籀補》曰：

邦 从邑从屮；屮，古封字，封邑爲邦。〔註111〕

按：《說文》曰：「邦 國也。从邑，丰聲。𤾥，古文」。許氏謂邦爲形聲字，惷齋主會意，二者有別。謂屮爲古封字，是矣，謂「封邑爲邦」會意則可商。王國維主封、邦一字，並指《說文》邦字之古文形譌，曰：

古封、邦一字。《說文》邦之古文作𤾥，从之田，與封字从屮从土，均不合六書之恉，屮蓋丰之譌。〔註112〕

其說是。甲骨文邦字作𤽄（《前》四、一七、三），从丰之證。《書·蔡仲之命》：「蔡仲克庸厥德，周公以爲卿士。叔卒，乃命諸王，邦之蔡」。《說文通訓定聲》云：「邦，叚借爲封」。高田忠周曰：

邦，封音義相近，古文互通用也。……《詩·玄鳥》：「邦畿千里」，〈東京賦〉注正作封；《論語》：「且在邦域之中矣，而謀動干戈於邦內」，鄭本正作封，可證矣。〔註113〕

〔註110〕書同注1，頁98。
〔註111〕書同注1，頁99。
〔註112〕王國維：《古籀疏證》頁35，載於《王靜安先生遺書》第十七冊。
〔註113〕書同注20之二十，頁4。

《說文》曰：「對，爵諸侯之土也。从之土，从寸。寸，守其制度也。公侯百里，伯七十里，子男五十里。封，籀文封，从丰土。坐，古文封省」。金文作對，或省作坐，《說文》所云从之土，訓爵諸侯之土，顯爲後起之義。郭沫若曰：

> 《周官‧地官》：「封人掌詔王之社壝，爲畿封而樹之。凡封國，設其社稷之壝，封其四疆；造都邑之封域者亦如之」。是則古之畿封實以樹爲之也，此習於今猶存，然其事之起乃遠在太古。太古之民多利用自然林木以爲族與族間之畛域。封之初字即丰，周金有康侯丰作寶鼎，即武王弟康叔封，亦即許書說「艸盛豐豐」之丰，與古文封省之坐。……丰即曰林木爲界之象形；坐乃形聲字，从土丰聲；从土，即起土之意矣。以林木爲界之事，於散氏盤銘猶可徵考。〔註114〕

郭說是也。封之本意應爲封疆，動詞。對从又，亦爲坐之增益，而封疆之意益顯。坐之从土與畱之从田同意，封、邦本一字。金文邦作邦（盂鼎）、邦（毛公鼎）、丰（國差蟾）、半（散氏盤），邑乃後人所增，以示別於封矣。

（以上卷六）

39. 旦

《古籀補》曰：

> 旦 象日初出，未離於土也。〔註115〕

按：《說文》云：「旦，明也。从日見一上；一，地也。」此說甚是。許氏所見旦字，下从一，實土形之簡化。土形亦屬指事，非即土字也。又揚簋旦作旦，从日在土下將出形。

40. 朝

《古籀補》曰：

> 朝 日初出在艸間，古者天子以朝朝日。一曰小水入大水謂之朝，故从川。許氏說：「水朝宗于海」。〔註116〕

按：《說文》云：「朝 旦也。从倝，舟聲」。倝下云：「日始出，光倝倝也」。甲骨文朝，商承祚、王襄、郭氏、李孝定先生隸定作萌；羅振玉、王國維、唐蘭、徐中舒、田倩君先生、林潔明隸定作朝。羅振玉曰：

〔註114〕書同注7，上冊〈釋封〉。
〔註115〕書同注1，頁110。
〔註116〕書同注1，頁110。

此朝暮字。日已出艸中而月猶未沒，是朝也。古金文省从「卓」，後世篆文从
倝舟聲，形失而義晦矣。古金文作「朝」「朝」，从「朝」，从「川川」，象百川之接
於海，乃潮汐之專字，引伸爲朝廟字。〔註117〕

此說可從。詳見唐蘭《殷虛文字記》頁47至48。田倩君先生曰：

> 在甲骨文字中所見之朝字，均爲从月之朝，如「朝」、「朝」、「朝」，然則尚未見
> 有其他形體。但古金文字，其形體甚多，卻未見有从月之朝字，誠怪事也。
> 古金文朝字均从水形。余以爲从水之朝，非从甲文中此三朝（「朝」、「朝」、「朝」）
> 字直接演變而來。〔註118〕

謂金文朝夕之朝字非从甲骨文直接演變而來，塙矣。羅振玉已言之，古金文借潮汐
字（「朝」、「朝」）爲朝夕之朝；而金文另有「朝」（郘伯敢簋）、「朝」（陳侯因資敦）等字
形，即《書・禹貢》「江漢朝宗于海」、《詩》「沔彼流水，朝宗于海」、《說文》「朝，
水朝宗于海」者也。《說文》「朝」字从舟聲，殆由甲骨文「朝」右旁之月字譌變而成。愙
齋既曰：「日出在艸間」又曰：「水朝宗于海」，所言兼及朝暮之朝與潮汐之潮，而未
辨其借用關係。

41. 函

《古籀補》曰：

> 「函」　器中容物謂之函，緘其口使不能出也。隸書函臽二字形聲皆相近，疑
> 古本一字也。函皇父敦。陳介祺曰：「函」即閻之省。〔註119〕

按：《說文》曰：「函，舌也。舌體已已，从已象形，已亦聲」。愙齋非之。謂函字象
器中容物之形，是矣，而未之盡也。王國維曰：

> 「函」象倒矢在函中，小篆函字由此譌變，函即古文函字。……函本藏矢之器，
> 引申而爲他容器之名。……函者，含也、咸也、緘也，「函」象函形，刀其緘
> 處，且所以持也。矢在函中，有臽義，又與臽同音，故古文假爲臽字。毛
> 公鼎：「勿以乃辟「臽」于囏」，吳式芬釋臽。〔註120〕

王詳詳審。函，臽形相近，古音同在添部，古書多相假借。則謂本一字則非。甲骨
文臽作「臽」（《續》二、一六、四），金文作「臽」（獣鐘），从人在坎上，與函字本義、本
形皆不同。

〔註117〕書同注43，中，頁6。

〔註118〕田倩君：〈釋朝〉，載於《中國文字》第七冊，頁747。

〔註119〕書同注1，頁114。

〔註120〕王國維：《王觀堂先生全集》，（臺北，文華出版），頁2058至2060，〈不敦蓋銘考
　　　　釋〉。

42. 稻

《古籀補》曰：

　　　　﨟，象打稻之形，下承以臼也。〔註121〕

按：《說文》曰：「稻，稌也。从禾，舀聲」。憲齋以象形說之，是也。林義光曰：

　　古作﨟，象獲稻在臼中將舂之形，變作﨟（陳公子瓺）、作稻（曾伯霙

　　匜），象米在臼旁；∢，手持之；凵形近𦥑，亦譌从𦥑作﨟（舀黑敦舀字

　　偏旁）。（《文源》）

高田忠周曰：

　　﨟即𦬣穗熟垂之象，米依杵臼爲用，故从又从臼。〔註122〕

諸說可從。

43. 家

《古籀補》曰：

　　　　﨟　古家字。从宀从豕。凡祭，士以羊豕。古者庶士庶人無廟，祭

　　於寢，陳豕於屋下而祭也。〔註123〕

按：《說文》曰：「家，居也。从宀，豭省聲。﨟，古文家」。段氏以爲許說未允。

家字下注云：

　　按：此字爲一大疑案。豭省聲讀家，學者但見从豕而已，从豕之字多矣，

　　安見其爲豭省耶？何以不云豭聲，而紆回至此耶。竊謂此篆本義乃豕之居

　　也，引伸假借以爲人之居。……家篆當入豕部。

高田忠周謂許氏豭省聲，必有深由（《古籀篇》七一頁 1）。嚴章福謂家字从亥不从

豕（《說文校議議》）。邵君僕曰：

　　古人謂妻子爲帑，是以妻子爲貨幣也。妻子奴僕與牛羊犬豕皆其產業，蔑

　　有差等；由此觀之，何人獸之分乎？……甲骨文家字，从犬从豕者並有之

　　（連案：邵氏不知甲骨文犬、豕之別。犬字作﨟爲正體，細腹捲尾；豕字

　　作﨟，碩腹而垂尾。甲骨文家字之艸率急就者作﨟，亦不捲尾，不可謂之

　　从犬，此李孝定先生之說也，見於《金文詁林讀後記》頁 286），絕無从

　　牛从羊；牢字，从牛从羊者並有之，絕無从犬从豕者。从犬豕本蓄養於內，

　　故畜之於室廬爲家；牛羊本放牧於外，放牢之於室廬爲牢也。〔註124〕

〔註121〕書同注 1，頁 116。

〔註122〕書同注 20 之八二，頁 8。

〔註123〕書同注 1，頁 118。

〔註124〕邵君僕：〈釋家〉，載於《中研院史語所集刊》第五本二分，頁 279 至 281。

商承祚曰：

家與訓豕廁之圂為一字，故家毛公鼎一作。先民假豕廁為家者，因豕生殖蕃衍，人未有不欲大其族，故取蕃殖之意，而家以名也。家既用為人家字，乃以从口之圂而別為豕之居矣。〔註125〕

馬敍倫曰：

吳大澂以為从宀从豕，凡祭，士以羊豕，古者庶人無廟，祭於寢，陳豕於屋下而祭也。不悟禮家說庶人庶士無廟，正以大夫始有家，家有廟也。《周禮》家人注：家謂大夫所食采邑（連案：《周禮・夏官・序官》「家司馬」，注：「家：卿大夫采地」）。載師：「以家邑之田任稍地」，注：「家邑，大夫之采地」。故《詩》毛傳謂大夫曰家也。倫謂家必為形聲字，若是豕居，則此圖語亦不可釋矣。家為亞之轉注字。此作家戈與乙爵之同注。

〔註126〕

《說文》家字不誤，後之學者不察耳。《說文》訓豭字曰：「牡豕也。从豕，叚聲」，段注曰：「《左傳》，野人歌曰：『既定爾婁豬，盍歸吾艾豭』，此豭為牡豕之證也」。又《說文》互部：「，豕也。从互，下象其足，讀若豭」。朱駿聲云：「當為豭之古文」，實具卓識。《說文》豕字當云：「牡豕也，下象其勢」，豭乃豕之後起形聲字；故知家字从豕，即从豭之古字也。甲骨文豕字作（《前》四、二七、四）、（《乙》七九八五），金文作（霝簋）、、（函皇父簋）。豭（豕）字甲骨文作（《粹》九四八）、（《京津》二七三七）、（《乙》六九二九反），而甲骨文家字，或从豕，或从豭（豕），如（《甲》二三○七）、（《前》四一五、四），此从豭（豕）者也；（《乙》一○四七）、（《前》七、三八、一），乃从豕之例，疑係誤寫之故。金文豭（豕）字見於頌鼎「實（貯）廿家」，豭（豕）借為家字，與《說文》家云「豭省聲」近矣。而金文家字多从豭省（即豕形不省），如（枚家卣）、（缶鼎）、（未向簋）。是許氏之說甚塙。頌鼎豭（豕）字兩見，作、，後者雖容庚《金文編》收入豕字，而旁注曰：「以為家字」，則豭（豕）、家通叚互用之證。《說文》載家字之古文作，宀广古通，即豕字，由譌變而得。至於家字何以从豕（豭）？眾說紛紜。田倩君先生分析卜辭辭例，家字並無家庭之意，而有關乎祭祀之例〔註127〕，是愙齋之說可存。白川靜評之曰：「以豕為祭祀之犧牲，可謂破千古疑案之創見也」〔註128〕。

〔註125〕商承祚：《說文中之古文考》，（臺北，學海出版），頁69。

〔註126〕馬敍倫：《讀金器刻詞》，（北京，中華出版），頁22至23，〈家爵〉。

〔註127〕田倩君《中國文字叢釋》，（臺北，商務出版），頁10至14，〈說家〉。

〔註128〕書同注14，卷七下，頁1486、1488、1489。

楊寬謂金文中屢見賜臣若干家，此家字與春秋文獻所指貴族之宗族者異。貴族之「家」，固指宗族而言，鄙野之民以家爲單位，乃指小家庭而言〔註129〕。故馬敍倫評惥齋之言未可爲的論。

44. 寮

《古籀補》曰：

寮　官也，同官曰寮。許氏說：寮，穿也。〔註130〕

按：《說文》曰：「寮，穿也。从穴，尞聲」。《說文》从穴，金文从宀，與經典同，如《左傳・文公七年》「同官爲寮」是也。許氏訓「穿也」，惥齋據銘文文義，訓「官也」。高田忠周曰：

或本寮與寮別字，許氏偶脫一文乎。《周禮・司烜氏》「共墳燭庭燎」，注：「樹于門外曰大燭，于門內曰庭燎」。其意蓋官人執事夜以繼日之處也。人曰僚，僚人所居之處曰寮，然或寮从穴爲穴居之意，穴宀同意，穿寮爲轉義也。〔註131〕

（以上卷七）

45. 保

《古籀補》曰：

保　小兒衣也。从人抱子，丿象保衣之形。《周書》曰：「若保赤子」，小篆作褓。……保，齊侯鎛，保从任。〔註132〕

按：惥齋錄保（叔向父敦）、仔（且辛父庚敦）、保（格伯敦）、仔（李保敦）、保（王子申盞盂）、保（鄁子妝簠）、保（齊陳曼簠）、保（齊侯鎛）於卷八保字下，即《說文》所謂：「保，養也。从人从𤓟省。𤓟，古文孚。保，古文不省。𤳑，古文」之保字。而其說解乃引十三卷之褓字，《說文》曰：「褓，小兒衣也。从糸，保聲」。蓋惥齋以爲保字右旁之丿乃小兒衣之象形，故有此說。唐蘭曰：

抱者懷於前，保者負於背。故保字象人反手負子於背也。保字孳乳爲褓，是爲兒衣。襁褓者古亦以負於背，則保即保字無疑。……負子於背謂之保。引伸之，則負之者爲保。更引伸之，則有保養之義。然則保本象負子

〔註129〕楊寬：〈釋臣和鬲〉載於《考古》一九六三第十二期，頁 668 至 669。
〔註130〕書同注 1，頁 124。
〔註131〕書同注 20 之七二，頁 34。
〔註132〕書同注 1，頁 133。

於背之義，許君誤以爲形聲，遂取養也之義當之耳。〔註133〕

金文保作 侎 乃 往 之省，蓋以丿爲反手，其作 保 者，乃涉 儍 作 儍 之例而增繁者。齊侯鑄 䅶，非从任，乃保字加玉，以成永保用之專字，蓋玉爲人所珍，固當持而勿失也。愙齋之說非是。

46. 孝

《古籀補》曰：

　　耂　子承父也。从父从子，中象父子依倚形，老耇壽考等字建首皆从父，

日久變易，多失其本意，尚有一二可證者。〔註134〕

按：《說文》曰：「耂，善事父母者。从老省，从子；子承老也」。愙齋謂从父从子，中象父子依倚形，然孝字所从實與父字有別，故知其不然。字象子參扶戴髮傴僂老人之形，此孝字之朔誼，許說字形不誤。

47. 兄

《古籀補》曰：

　　　䄉，先生爲兄，故从 生：先生二字省文也。〔註135〕

按：《說文》云：「兄，長也。从儿，从口」。金文兄字作 兄（剌卣）、兄（頵叔多父盤）、兄（邿卣）、䄉（未家父匜）、䄉（史秦兄簋）。後兩形頗多異說，愙齋謂所从乃先生二字省文，未確。《金文編》引高景成之說曰：「兄 生 同聲，古字恆增聲符」，是也。李孝定先生曰：

　　䄉爲「兄」之後起形聲字，兄之本誼未可確指，應與人之形體、動作有關，如 欠 爲欠、旡 之爲旡之比。……竊疑「兄」字無緣以長爲本義，此義蓋借字也。後世形聲之字日滋，原爲借字者，多新創形聲字以代之，於是借字之旁另注聲符，此 䄉 字之所由作也；然以兄借爲兄弟字行之既久，後雖有形聲專字之 䄉，而用之者寡，仍以借字專行，蓋亦文字求簡之心理使然也。〔註136〕

至「兄」字之本誼爲何？李先生曰：

　　或說兄爲祝之初文，於義稍勝。然張口而前者爲欠，反口向後者爲旡，祝告之字，何以開口向天？豈以神祇在上，故作此以象意乎？（引同上）

〔註133〕書同注18，頁44至45。

〔註134〕書同注1，頁141。

〔註135〕書同注1，頁144。

〔註136〕書同注27，頁313。

（以上卷八）

48. 頢

《古籀補》曰：

> **𣓀**，从頁从隹。疑即頢字。古文讀若書罔晝夜頢頢。許氏說：「頢，頰也」、
>
> 「頢，出頰也」。《漢書・韓王信傳》：「封龍頢侯」，注：「頢字或作雒」，
>
> 雒、雖相近，當即雖之誤。毛公鼎：「母雒于政」。〔註137〕

按：《說文》頢字訓頰，頢字訓出頰，劃然兩字，憩齋之說無據。頢字，徐同伯讀為唯、高田忠周疑頢為摧字假借〔註138〕。宗許說者，如吳寶煒曰：「頢音鎚。《說文》『出頰』。頰出向前，猶倦怠意」〔註139〕，又如張之綱曰：「段氏《說文》頢注謂頰朕出向前也。此文頢字亦言勿突出於政意，惟此鼎文左形右聲，與《說文》左聲右形互易」〔註140〕。郭氏釋頢為頢，讀為緬。周公孫子鼎亦有頢字，辭義亦不明。

49. 文

《字說》曰：

> 《書・文侯之命》：「追孝于前文人」，《詩・江漢》：「告於文人」，《毛傳》
>
> 云：「文人，文德之人也」。濰縣陳壽卿編修介祺所藏兮仲鐘云：「其用追
>
> 孝于皇考已伯用侃喜前文人」，《積古齋鐘鼎彝器款識》追敦云：「用追孝
>
> 于前文人」。知前文人三字為周時習見語，乃〈大誥〉誤「文」為「寧」，
>
> 曰「予曷其不于前寧人圖功攸終」，曰「予曷其不于前寧人攸受休畢」，曰
>
> 「天亦惟休于前寧人」，曰「率寧人有指疆土」；前寧人實即前文人之誤。
>
> 蓋因古文「文」字有从心者，或作**𢒤**，或作**𢁛**，或又作**𢁜**、**𢁝**，壁中古
>
> 文〈大誥篇〉，其「文」字必與寧字相似，漢儒遂誤釋為寧，其實〈大誥〉
>
> 乃武王伐殷大誥天下之文，寧王即文王，寧考即文考；民獻有十夫，即武
>
> 王之亂臣十人也；寧王遺我大寶龜，鄭注：「受命曰寧王」，此不得其解而
>
> 強為之說也。既以寧考為武王，遂以〈大誥〉為成王之誥。不見古器，不
>
> 識真古文，安知寧字為「文」之誤哉？〔註141〕

〔註137〕書同注1，頁147。

〔註138〕書同注20之四五，頁17。

〔註139〕吳寶煒：《毛公鼎文正註》，（自印本），頁10。

〔註140〕張之綱：《毛公鼎斠釋》，（上海排印本），頁7至8。

〔註141〕書同注4，頁29，〈文字說〉。

按：《說文》云：「⽂，錯畫也。象交文」。古金文「文」字，異構頗多，中或有从心作⽂者，愙齋之說是也。援古金文以證《尚書》中「寧王」實即「文王」，此乃一大發明。然以爲〈大誥〉乃武王伐殷之作，非也。〈大誥〉曰：「天降威，知我國有疵，民不康。曰：『予復』，反鄙我周邦」。（金文鄙、圖同字，均可寫作啚。王先謙《尚書孔傳參正》謂鄙之誼當爲圖謀。齊侯鎛「與邘之人民都鄙」，字作啚。康侯啚簋「誕命康侯圖于衛」，字作啚。此从吳闓生、于省吾之說也。〔註142〕〈大誥〉又云：「今蠢，今翼日，民獻有十夫，予翼，以于敉寧武圖功」，苟〈大誥〉爲武王時作，則必不言「寧武圖功」，故知其成於武王之後，即武庚倡亂之際，可斷言也。愙齋未曉「文」何以从心。錢坫以爲「文」乃祝髮文身之形（《穀梁・哀公十三年》），孫海波《古文聲系》同其說，朱芳圃、嚴一萍先生皆詳論之。朱芳圃曰：

> 文即文身之文，象人正立形，胸前之／×、⺀⺀⺀即刻畫之文飾也。《禮記・王制》：「東方曰夷，被髮文身，有不火食者矣」，《孔疏》：「文身者，謂以丹青文飾其身」。《穀梁傳・哀公十三年》：「吳，夷狄之國也，祝髮文身」，《范注》：「文身，刻畫其身以爲文也」。考文身爲初民普遍之習俗，吾族祖先，自無例外，由於進化較鄰族爲早，故不見諸傳記。〔註143〕

嚴一萍先生曰：

> 甲骨及彝銘之文皆示人身有錯畫，如⽂⽂⽂者，蓋文身之象形。引伸以爲文采字。……《史記・越世家》：「翦髮文身，錯臂左衽」，注：「錯臂亦文身，謂以丹青錯畫其臂」。文身所錯畫者，形態各異，故文字之所取象亦不一。其用於卜辭中者方國地名，或稱先祖文武丁。……兩周彝器銘文，對祖先崇德報功者多，故「前文人」「文考」之文不啻數十見。《金文編》輯彔甚富，綜其錯畫之形，種類頗多，作・○＋⺀⺀⺀⺀⺀⺀⺀⺀⺀⺀⺀⺀⺀⺀⺀，不一而足，古之文身，宛然在目。〔註144〕

此說是也。金文中「文父」、「文考」、「文且」、「文母」……等「文」字用爲美辭，蓋其引申之義。

50. 司

《古籀補》曰：

〔註142〕詳見白川靜《金文通釋》白鶴美術館誌第四輯。
〔註143〕朱芳圃：《殷周文字釋叢》，（臺北，學生出版），頁67。
〔註144〕嚴一萍：〈釋文〉，載於《中國文字》九冊，頁1。

，古司字，从𤔔从彐。許氏說：「𤔔，治也，讀若亂同」。大澂案：象
兩手理絲形：理則治，否則亂。彐，治絲之器也，从彐爲治‧疑司、治二
字本一字。〔註145〕

按：甲骨金文中，司與后一字，可借用爲祀。〔註146〕嗣爲官治，司馬司土司寇等，
金文皆作嗣，司、嗣之分用劃然。《說文》曰：「，治也，幺子相亂，受治之也」，
不塙。愙齋理絲之說是也。楊樹達曰：

H位幺字之中，蓋象用器收絲之形。……余謂字當从爪从又，爪又皆謂手
也。𤔔从爪从又者，人以一手持絲，又一手持互以說之；絲易亂，以互收
之，則有條不紊，故字訓治、訓理也。〔註147〕

李孝定先生曰：

嗣字从𤔔，其篆作，从受，治絲者也；幺，絲也；H或以爲治絲之具，
或以爲从壬，未安。愛蓋之省，从者絲之省也。兩手治絲，不治則
亂，故字兼二義，吳大澂之說是也。嗣字从𤔔，故有治義，金銘多用此
義。〔註148〕

司（嗣）、治義近，古音同在之部，可相假借，愙齋疑本爲一字，於字形無據。

51. 茍（《古籀補》茍、敬合編於敬字下）

《古籀補》曰：

，古敬字，象人共手致敬也。〔註149〕

按：《說文》曰：「，自急敕也。从羊省从勹口，勹口猶愼言也。从羊，與義、善、
美同意。凡茍之屬皆从茍。，古文不省」。銘文中茍字應訓敬，而形構不詳。金文
作（盂鼎）、（大保簋）、（師虎簋）、（楚季茍盤）。愙齋謂象人拱手致敬，
非也。郭氏謂象狗貼耳而坐之形，狗以警夜；警，敬也〔註150〕。狗有警義，無有敬
音，其說可疑。方濬益曰：「象人屈躬致敬之形，所謂急敕也」〔註151〕。加藤常賢
曰：「跪坐而屈曲身體，正是恭敬之容貌」〔註152〕，此二家之說較勝，然亦無以說

〔註145〕書同注1，頁150。
〔註146〕金祥恆：〈釋后〉，載於《中國文字》第十冊，頁1103。
〔註147〕書同注63，頁88至89〈釋𤔔〉。
〔註148〕書同注27，頁342。
〔註149〕書同注1，頁152。
〔註150〕郭沫若《兩周金文辭大系考釋》，（北京，科學出版社），頁22班殷，頁27大保簋。
〔註151〕書同注74，卷三，頁26盂鼎。
〔註152〕加藤常賢：《漢字之起源》，（東京，角川書店），頁276至277。

解頭上之丫形爲何物。白川靜曰：「蓋爲附有頭飾之巫女等敬聽神意之象也」〔註153〕，頗有新意，聊備一說。《說文》訓苟字爲「自急敕」，而經典中未之見，學者咸謂不知其所承。陳槃先生謂清儒孫志祖，臧庸等頗有申論之功，《儀禮》燕禮、聘禮之「賓爲苟敬」，俱當作急敕解，讀同「急」，而傳寫誤从艸，鄭注遂以假、且、小敬解之，失之矣。大學盤銘之「苟日新」亦爲「苟日新」之誤。陳先生又謂，「苟敬」二字連文，亦古文習用之複語，新出武威漢簡《儀禮》摹本一三、甲本燕禮第四十八簡正作「　敬」，與今通行作「苟敬」者不同；而武威簡釋文乃依通行本作「苟敬」，校記亦無說，商湯與其後王之教並以敬。元命苞云：「殷人之立教以敬」是也。敬之本義，阮元云：「敬」字从苟从攴，苟即敬也，加攴以明擊敕之義也。警从敬得聲，故《釋名》曰：「敬，警也，恆自警肅也」。此訓最先最確。蓋敬者，言終日常自肅警，不敢怠逸放縱也。湯盤之銘曰：「苟日新，日日新」，即「敬日新」，亦即「終日恆自肅警，不敢逸放縱」之謂也。〔註154〕

52. 廗

《古籀補》曰：

　　庲，講武堂也。有屋謂之廗，从广从射。小篆从木作榭。〔註155〕

《愙齋集古錄》詳述之曰：

　　宮攸即宣榭。《爾雅·釋宮》：「有木者謂之榭」，李注：「上有屋，謂之榭」；《左氏·宣十六年傳》：「成周宣謝火」，《釋文》：「謝，本作榭」。此从个，正象有屋之形：下从射，知廗爲習射之地。《左氏·成十七年傳》：「三卻將謀于榭」，注：「榭，講武堂」，故字从射也。〔註156〕

按：廗字，《說文》所無，徐氏新附从木作榭，經典謁作序。陳介祺、吳式芬以降，廗字之形義始大明。陳介祺曰：

　　宣廗即宣榭。《爾雅》：「榭亦謂之序」，唐韵「古者序榭同」，故从广从射。《春秋》宣公十六年：「夏，成周宣榭火」，杜預曰：「宣榭，講武屋」。孔穎達曰：「楚語云：『先生之爲臺榭也，榭不過講軍實』」，知榭是講武屋也。……杜預曰：「無室曰榭，謂屋歇前」；李巡曰：「臺上有屋謂之榭」，則榭是臺上之屋，居臺而臨觀講武，故無室而歇前；歇前者，無壁也。

〔註153〕白川靜：《金文通釋》（《白鶴美術館誌》第二輯），頁 62，三大保簋。
〔註154〕書同注 27，頁 359 引。
〔註155〕書同注 1，頁 154。
〔註156〕書同注 48，十六冊，頁 11，〈虢季子白盤〉。

〔註 157〕

《爾雅・釋宮室》：「有東西廂曰廟，無東西廂有室曰寢，無室曰榭」；又云：「闍謂之臺，有木謂之榭」。唐蘭謂榭之特點乃有楹柱而無牆壁，其所以曰宣，與桓義近。《禮記・檀弓》「三家視桓楹」注：「四植謂之桓」，即四柱之意。榭字於鄦簋作射，虢季子白盤乃加广旁，表屋宇之意。〔註 158〕

（以上卷九）

53. 夷

《字說》曰：

古夷字作，即今之尸字也。古尸字作，即今之死字也。師寰敦，又云。曾伯霥簠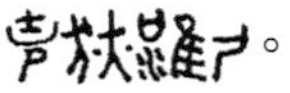。兮田盤于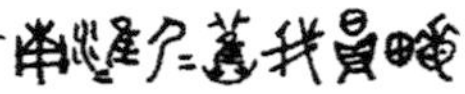，當讀：「至于南淮夷，淮夷舊我員畝」，淮夷二字重文，非夷字作也。……夷爲東方之人，字與入字相似，象人曲躬蹲居形。《白虎通》：「夷者僔夷無禮義」；《論語》：「原壤夷俟」，《集解》引馬注：「夷，踞也」。東夷之民蹲踞無禮義，別其非中國之人，故與相類而不同。……自後人以尸爲陳屍之屍，而尸與夷相混。《周禮・凌人》：「大喪共夷槃冰」，注：「夷之言尸也。實冰於槃中，置之尸牀之下，所以寒尸；尸之槃曰夷盤，牀曰夷牀，衾曰夷衾，移尸曰夷于堂，皆依尸而爲言者也」。《儀禮・士喪禮》：「士有冰用夷盤可也」，注：「夷槃，承尸之槃」又「牀第夷衾」注：「夷衾，覆尸之衾」，凡此夷字，皆當讀尸，或故書本作尸，而漢儒誤釋爲夷；或當時尸夷二字通用，古文尸字，隸書皆改作夷，均未可知。然則漢初去古未遠，必有知尸字即夷字者，故改尸爲夷也。使夷敦字與小篆字相近，是晚周已有變爲夷者，不自漢人始矣。〔註 159〕

按：上古東方民族善射，先殷金文以（人持弓形彝，《代》六、一）以表之。甲骨金文皆有兩形：、；前者隸定爲夷，後者隸定爲尸。誼皆訓「東方之人也」。前者象人負弓矢形，後者（）所象何事何物，異說頗多。容庚《金文編》曰：

金文作，象屈膝之形，意東方之人，其形狀如此。〔註 160〕

〔註 157〕吳式芬：《攈古錄金文》，（臺北，樂天出版）三之二，頁 41 至 47 引。

〔註 158〕參見《考古學報》二九冊，頁 23 至 24，〈西周銅器斷代中的康宮問題〉。

〔註 159〕書同注 4，頁 30。

〔註 160〕書同注 22，1146，尸。

李孝定先生曰：

> 疑高坐之形，蓋東夷之人，其坐如此。〔註161〕

田倩君先生曰：

> （ 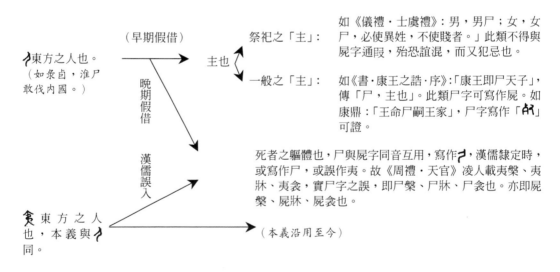 ）此數夷字下部略呈彎曲狀如弓形，似和人字區別，含有弓的意象。
> 〔註162〕

李濟先生曰：

> 孫海波編的《甲骨文編》收入的下列各字：女、母、妾、命、邑、奴、兄、祝、鬼、卩、既、饗等字，都很清楚地象人跪坐之形。……侯家莊的半身跪坐像，實為商代的正坐，符合甲骨文字描寫的商代人的生活規範。……我們有三個蹲居與箕踞的石刻例子了。……由這一發現，我們得到一個啟示，這是蹲居與箕踞的習慣在商代似乎比跪坐更為流行。……換而言之，無論是人或神，平民或貴族，都不把膝蓋放在地上，都習於「聳其膝而下其胖」的居處方式。〔註163〕

周法高先生謂愙齋所言蹲居，有李濟先生以實物參證，似較高坐之說為佳。夷同尸、朔誼為「東方之人」，已如上述。然「尸」字後為借義所專，本義遂廢，而夷字獨行至今。尸、屍古音同在脂部，古多通叚互用，夷字或錯入其中：

由第29條死字與本條合觀，知愙齋有所創獲，亦有缺失，周名煇稱愙齋夷字說「尤

〔註161〕書同注12，頁2745。

〔註162〕《中國文字》第二十冊，頁2341。

〔註163〕李濟：〈跪坐蹲居與箕踞〉，載於《中央研究院史語所集刊》第二十四本，頁290至293。

精熇不可易」〔註164〕，實不盡然也！

54. 奔

《古籀補》曰：

🔲　奔，疾走也。从三夭省，小篆从夭从卉，義不可通。〔註165〕

按：《說文》曰：「🔲，走也。从夭，賁省聲。與夭同意，俱从夭」。郭氏說奔字較佳，引述如下：

大盂鼎作🔲，乃象形文，象人奔軼絕塵之狀，下从三止；止，趾之初文也。……效卣作🔲，大克鼎作🔲，三止譌變而爲𡳿，《說文》遂謂奔从卉聲矣。〔註166〕

55. 奚

《字說》曰：

《周禮‧春官‧序官》「奚四人」，注：「奚，女奴也」；又〈禁暴氏〉：「凡奚隸聚而出入者則司牧之」，注：「奚隸，女奴男奴也」；又〈天官‧序官〉：「奚三百人」，注：「古者從坐男女沒入縣官爲奴，其少才知以爲奚。今之侍史官婢或曰奚、宦女」。《說文解字》訓奚爲大腹，而女部別出媀字，訓爲女奴，此非造字之本意也。奚字最古者作🔲，見潘伯寅師所藏拓本卣文，象人戴寠數形。今朝鮮民俗負戴于道者，男子多負，婦人多戴，童僕亦有戴者，猶有三代之遺風，故女奴爲奚，童僕亦稱奚。余所得拓本舺文🔲，筠清館金文所載爵文🔲，潘伯寅師所藏丙申角文🔲，皆奚之象形字。許書皿部：「檳盨，負載器也」，《漢書‧東方朔傳》：「盆下爲寠數」，顏注：「寠數，戴器也，以盆盛物戴於頭者，則以寠數薦之，今賣白團餅人所用者是也。〔註167〕

按：《說文》云：「🔲，大腹也。从大，𢎁省聲；𢎁，籀文系」。奚字訓大腹，非古義，而憲齋謂象女奴戴器形〔註168〕，其說亦未允。例如《古籀補》奚字下所錄丙申角作🔲，苟象女奴以頭戴器形，何以雙手向下，不加以參扶？縱使無需參扶，乃不知器物旁之手形作何解釋，可謂旁人爲之參扶哉？故知其說非是。于省吾曰：

〔註164〕周名煇《新定說文古籀考》，（上海，開明出版），卷下，頁16至17。

〔註165〕書同注1，頁164。

〔註166〕書同注59，頁307，〈周公𣪘釋文〉。

〔註167〕書同注4，頁11，〈奚字說〉。

〔註168〕書同注1，頁166。

奚象繫人，以手牽之，則奚奴之義自喻。浽長訓爲大腹，實屬無稽。〔註169〕
黑光，朱捷元曰：

> 奚，字形象人的頂部髮辮直豎，用手捉之，即从手持索，所以繫罪人。《說
> 文》：「婐，女隸也」。《周禮》多見奚字，〈酒人〉：「女酒三十人，奚三百
> 人」，《鄭注》：「古者從坐男女，沒入縣官爲奴，其少才知以爲奚；今之侍
> 史官婢，或曰奚宦女」；〈春官・設官〉注：「奚，女奴也。」〔註170〕

故以繫罪人之說爲是。

56. 客

《字說》曰：

> 《詩・振鷺》：「我客戻止」，《傳》云：「客，二王之後」。〈序〉云：「〈有
> 客〉，微子來見祖廟也」。《白虎通義・王者不臣篇》：「不臣二王之後者，
> 尊先王、通天下之三統也」；詩云：「有客有客，亦白其馬」，謂微子朝周
> 也。《魯詩》亦謂客爲微子，與《毛詩》序、傳合。余所得微子鼎有「爲
> 周客」三字，客作𗧪，下云：「賜貝五朋，用爲寶器，鼎二敦二，其用言
> 于乃帝考」；非帝之子，不能尊其考爲帝考。周王之客，殷帝之子，其爲
> 微子所作無疑。許氏《說文解字》：「愙，敬也」；《春秋傳》曰：「以陳備
> 三愙」，今《左氏傳》作「三恪」，漢〈魯峻碑〉、魏〈孔羨碑〉並作「恪」；
> 大澂以爲愙、恪、恪皆當讀客，三恪即三客，古客字从客从弓，後人變弓爲
> 心，再變爲恪，皆客字之異體。恪訓敬，客亦訓敬；《呂覽》：「終座以爲
> 上客」，注：「客，敬也」；《孔叢子》：「恪，敬也，禮之如賓客也」，客恪
> 二字，古本一字。〔註171〕

按：《說文》云：「愙，敬也。从心，客聲。《春秋傳》曰：『目陳備三愙』。《左氏・
襄二十五年傳》：「庸以元女大姬配胡公，而封諸陳，以備三恪」，《杜注》：「周得天
下，封夏殷二王後，又封舜後，謂之恪，拜二王後爲三國，其禮轉降，亦敬而已，
故曰三恪」。愙齋言周愙鼎之時代，意義頗詳審，復引碑刻以證愙字之形體演變，塙
矣，此乃其考釋中最得意者，因號愙齋。容庚《金文編》原收愙字，並抄錄愙齋之
語於下，然增定本之《金文編》則刪除愙字，改入〈附錄〉，實多此一舉，徐中舒《漢
語古文字字形表》則收愙字，是也。客字說一文爲人指爲小疵者，乃「古客字从客

〔註169〕于省吾：《雙劍誃吉金圖錄》，（臺北，臺聯國風出版），頁 5，〈釋𗧪彝〉。
〔註170〕黑光，朱捷元：〈陝西長安灃西出土的趞盂〉，載於《考古》1977 年一期，頁 72。
〔註171〕書同注 4，頁 15，〈客字說〉。

從🔸，後人變🔸爲心」一語失之穿鑿。而釋爲「客」則諸家相同。高田忠周指🔸爲籀文增繁之例耳。〔註172〕。劉心源云客字從宀，而窨字從宮，古文增繁之故，從宀與從宮同意。〔註173〕。二說可補悫齋之不足。客、悫義同；悫乃後世所孳乳悫敬之專用字。依《古籀補》、《金文編》之體例，🔸應於客悫二字下兩見。

（以上卷十）

57. 雷

《古籀補》曰：

🔸，古雷字，纍纍如連鼓。楚公鐘：「楚夜雨雷」。〔註174〕

按：《說文》曰：「靁，陰陽薄動，雷雨生物者也。從雨畾，象回轉形。🔸，古文靁。🔸，古文靁。🔸，籀文靁。間有回回，靁聲也」。《說文》所載雷字諸形已屬晚出，雷與申（電）同源，字甲骨文作🔸（《乙》一二）、🔸（《乙》五二九）、🔸（《乙》三八六四）、🔸（《珠》八四〇），取象於上天閃電及下雨之形。金文雷字作🔸（雷瓿）、🔸（父己罍）、🔸（師旂鼎）、🔸、🔸（齊侯壺）；🔸象閃電，欲狀雷聲如鼓之隆隆，⊗，鼓形也；一鼓不能表義，遂作數鼓相比。王充《論衡》曰：「圖雷之狀，纍纍如連鼓」。王筠曰：

近見楚公鐘銘🔸字，釋如雷，乃知爲象形字，如今人所畫雷鼓形，籀篆整齊之，斯不象耳。……（🔸）又方正之而爲四田字，遂不可解矣。〔註175〕

又林義光《文源》亦謂田象鼓形，是也。小篆鼓形變爲田，去閃電之形，改從雨，與古文字相去甚遠。

（以上卷十一）

58. 聽

《古籀補》曰：

🔸，古聽字從聖從十口，聖人能兼聽也。聽從十口，相從十目，視明聽聰也。齊侯壺。🔸，亦齊侯壺文。〔註176〕

按：《說文》云：「聽，聆也。從耳悳，壬聲」。甲骨文聽字作🔸、🔸、🔸，亦作🔸、🔸、🔸；金文作🔸、🔸、🔸。《栢根氏舊藏甲骨文字考釋》頁58引郭氏之言曰：

〔註172〕書同注20之七二，頁12。
〔註173〕書同注30，卷二，頁3〈師酉鼎〉。
〔註174〕書同注1，頁183。
〔註175〕王筠：《說文釋例》，（臺北，世界出版）。
〔註176〕書同注1，頁190。

（耴），从口耳會意，言口有所言，耳得之而爲聲，其得聲之動作則爲聽。聖、聲、聽均後起之字也。聖从耴壬聲，僅於耴之初文附以聲符而已。

于省吾曰：

> 魏三體石經《書‧無逸》「此厥不聽」，古文聽作𦣻卄，《古文四聲韵》下平十八青引〈義雲章〉，聽作𦣻卄，是以耴爲聽也。又去聲四十七劲引古《老子》，聖作𦣻卄，是以耴爲聖也。又下平十七清引〈華嶽碑〉聲作𦣻䇂，是以耴爲聲也。金文耴字早期作耴，晚期加壬爲聲符作聖，此以形證之知古聽、聖、聲之本作耴、𦣻也。《禮記‧樂記》：「小人以聽過」，《釋文》：「以聽，本或作以聖」；秦〈泰山刻石〉：「皇帝躬聽」，《史記‧秦本紀》「聽」作「聖」。〔註177〕

聽、聖古本一字，作耴，後人加壬聲，聖字從此分化，始引伸爲聖賢字，究「聖」字之朔誼，當訓聽聞。明乎此，則知《古籀補》所引「聽」字何以从聖矣。䎽、䎽从聖，旁著「古」形，葢金文之繁體使然，「十」形乃上古「七」字也，故知其「从十口」之說非是。又所謂「相从十目」亦未允，金文相字作𣥂（相侯簋）、𥄂（庚壺），非从十目明矣。郭氏謂古聖、聲一字，李孝定先生以爲音同互用，本非一字。〔註178〕

59. 拜

《字說》曰：

> 古拜字从手从𥝌。古𥝌字从艸从𥝌；彝器古文無𥝌字，而𥝌、拜二字皆从𥝌，可相證也。……拜字古文或作�，或又作�，皆象以手折花形。《詩‧甘棠》：「勿翦勿拜」。《箋》云：「拜之言拔也」，唐施士丐說：「拜言人心之拜，小低屈也」，究與翦伐二字義不相類。大澂謂勿拜之拜當訓以手折𥝌，……拜手稽首，爲拜字引申之義也。〔註179〕

按：《說文》曰：「�，首至手也。从手𥝌。�，古文拜，从二手。�，楊雄說，拜从兩手下」。各本作「首至地也」，段氏正之，極具卓識。段注云：

> 《周禮》之空首，他經謂之拜手。《鄭注》曰：「空首，拜頭至手」，所謂拜手也。何注《公羊傳》曰：「頭至手曰拜手」，某氏注《尚書‧大甲召誥》曰：「拜手，首至手也」。……頭不至於地，是以《周禮》謂之空首。空首

〔註177〕于省吾：《殷契駢枝》三編，（臺北，藝文出版），〈釋耴𦣻〉。
〔註178〕書同注98，頁1237、3028。
〔註179〕書同注4，頁33。

者，對誰首頓首之頭著地言也。

金文中之拜稽首、拜手誰首者，乃既拜首至手，復拜首至地之禮；古首至手、首至地二者，其義固有所分屬也。《詩‧甘棠》：「勿翦勿拜」，《箋》云：「拜之言拔也」，此說不確。馬薇𡩋曰：

> 《詩‧召南‧甘棠》第一章「蔽芾甘棠，勿翦勿伐，召伯所茇」；第二章「蔽芾甘棠，勿翦勿敗，召伯所憩」。案：敗，損壞也。第三章「蔽芾甘棠，勿翦勿拜，召伯所說」。……本詩首言勿斫，次言勿損，三言勿屈，層次井然，愛護之心畢見。倘依鄭玄之說，訓拜為拔，則次言已為勿損，而三言反為勿拔，豈非次序顛倒乎？……且甘棠大樹下，可供人休憩，將如何拔之耶？〔註180〕

《毛傳》謂蔽芾為小貌，《詩集傳》改為盛貌。衡諸實況，棠梨樹，高九尺，並非大型喬木，所造成樹蔭不大，召伯在其下處理事務或休息，可說是因陋就簡，頗能反映他勤政愛民之心思；因此，《毛傳》訓蔽芾為小貌，應可採信。但小喬木不是用手即可拔除，可見《鄭箋》訓拜為拔，仍有可商。而馬先生謂「拜即祭義，俗語所謂拜拜是也。……從手從薦，手持花而薦於神之義」，此說於古無徵。郭沫若引鄭玄之說，謂拜即拔之初字，因為拜手誰首字者，乃其引申之意，然鄭玄之說不搞，郭氏亦誤矣。張光裕先生曰：

> 郭氏以為拜即拔之初字，然若拜有拔義，所從手旁容有向下之形，今其手皆朝上，雖云文字之演變，毋須固執偏旁所居之上下左右，然若此全無例外者，似與拔義無涉矣。〔註181〕

此言是也。然張先生又曰：

> 金文中拜字偏旁之類禾草者，蓋取其下垂之象，而旁著手形，意味行拜禮之際，俯首下垂於手之誼。（引同上）

依其說，則必引申為「拜手」之後方才造出🈂字之字形，當其字義未引申之時，禾草旁之手形做何用處？又禾草皆向上生長，何得自行屈曲哉，是手形之用大矣，不可忽之。《詩‧甘棠》「勿剪勿拜」實乃「拜」字之朔義。朱子《詩集傳》曰：「拜，屈」。宋段昌武《毛詩集解》曰：「王曰：『拜謂屈之而已』；董曰：『施士丐曰：拜，如人之拜，小低屈也』；姜曰：『攀屈而磬折之』」。宋嚴粲《詩緝》曰：「錢氏曰：『拜謂攀下也，攀下其枝，如人之拜』。明季本《詩說解頤》：「拜謂攀屈其枝，如人之拜也」。攀木使屈，非斷分之義。筆者以為折、析、拜三字造字觀念類似，木旁著一斤

〔註180〕馬薇𡩋：〈彝銘中所加於器名上的形容字〉，載於《中國文字》四三冊，頁4至5。
〔註181〕張光裕：〈拜誰首釋義〉，載於《中國文字》二十八冊，頁1至4。

形，使斷分爲二，此折字析字也。折字甲骨文作𣂈（《京津》一五六六）、𣂈（《前》四、六、八）；金文作𣂈（不嫢毁𣂈）、𣂈（齊侯壺）。析字甲骨文作𣂈（《乙》一五六八）、𣂈（《河》八二八），金文作𣂈（格伯毁）、𣂈（詹侯毁）。木旁著一手形，使屈曲而不斷，此即拜字。以其屈曲至手之形引申爲拜手稽首之義，蓋由樹枝之屈曲引申爲人身之彎曲。《荀子・大略》：「平衡曰拜」，楊倞注：「平衡，謂磬折，頭與腰如衡之平」，王先謙集解：「郝懿行曰：『……拜手，頭至手也，不至地，故曰平衡』」，此亦拜字用於人身之例也。

60. 楊

《古籀補》曰：

> 𣂈，對揚也。从廾从日从玉，執玉以朝日，日爲君象。

按：《說文》曰：「楊，高舉也。从手，昜聲」。金文揚字作𣂈（貉子卣）、𣂈（令鼎）、𣂈（矢令彝）、𣂈（守宮鳥尊）、𣂈（揚鼎）、𣂈（毛公鼎）、𣂈（牆盤）、𣂈（師兌毁）、𣂈（耳尊）、𣂈（䍐尊）、𣂈（郘公釘鐘），字形異構甚多。愙齋謂日爲君象，然𣂈、𣂈將無可解說矣。《易》象上傳：「君子以遏惡揚善」，《虞注》：「楊，舉也」。《儀禮・鄉射禮》：「南楊弓」，《鄭注》：「揚猶舉也」，此殆爲本義。朱芳圃解昜字曰：

> 字象⊙庪丁上，結構與𣂈相同。（一），鐙缸也，傳世西京宮鐙，即其遺制。
> 金文或增彡，象鐙光之下射也。〔註182〕

賀浦金斯（L. C. Hopkins）謂一象璧中有孔，竝謂今有物證，此物乃權威之標誌，地位之象徵，執之以見王者，以達其處敬遵禮之意。丁爲類似甲骨文𣂈字所从，表支架之物，上置物品，藉之高舉，丁旁之彡爲繁飾而已，並無意義。因釋揚字云：一人張其兩臂，藉特表光榮之物架，舉起一圓形璧〔註183〕。論者或以爲失之穿鑿，然實有新意，可備一說。

61. 妣

《古籀補》曰：

> 𣂈，古妣字。與父相比，右爲𣂈，左爲𣂈，古文不从女。……𣂈，此妣之反文，猶父之作𣂈也。〔註184〕

按：《說文》云：匕，相與比敘也。从反人。匕亦所以用比取飯，一名柶」。金文匕

〔註182〕書同注143，頁52，揚。
〔註183〕參見《中山》六冊，頁4942至4945，〈中國古文字裏所見的人形〉。
〔註184〕書同注1，頁195。

皆用作祖妣之妣字。《說文》存相與比敘及柶兩義，字从一反人，自無相與義，而柶義亦未見實物佐證。楊樹達曰：

> 《說文》訓七爲相與比敘，其說殊誤，惟說其字形爲从反人，則得之。蓋
> 男女同是人也，而女異於男，故造文者就人字而反其形以表之。〔註185〕

高鴻縉曰：

> 商文本是反正不拘，此反人爲七，乃例外歧出字也。入爲男人，反之爲女
> 人，作七。〔註186〕

此兩說未允。甲骨文入（《甲》四六○母妣庚）、入（《拾》一、一○乘生于妣庚妣丙）、ㄔ（《甲》二四二六妣母己）向左向右皆爲妣。金文妣乙爵（《殷文存》卷下頁17）之妣作ㄔ；武乙彝（舊名戊辰彝，《殷文存》卷上，頁19）妣戊之妣作ㄔ；木工冊鼎（《殷文存》卷上頁6）妣戊之妣作ㄟ；妣己觚（《陶齋》一卷頁8）之妣作ㄟ，亦向左向右皆妣也，慤齋已明察之。七爲初文，从女作妣乃後出字。

62. 媿

《古籀補》曰：

> 帅 媿，姓也。《左傳》：「狄人伐廧咎氏，獲其二女叔隗、季隗。昭王奔
> 齊，王復之，又通於隗氏」。隗與媿通，後世借爲慚媿字，而媿之本義廢。
>
> 〔註187〕

按：《說文》曰：「媿，慙也。从女，鬼聲。愧，媿或从恥省」。慤齋之說精塙不可易，容庚《金文編》錄其說。銘文媿作帅（鄭同媿鼎）、中男（芮子鼎），高田忠周曰：

> 鬼陰气賊害，故从厶。……今攷鐘鼎古文，（媿）凡从鬼字作鬼，从人从⌂，
> 不从厶，然則此篆爲媿字無疑。〔註188〕

高鴻縉引慤齋之說而評之曰：

> 按：媿爲女姓。愧與聰均爲慙。愧从心，聰則从恥省。凡以同鬼聲而通叚
> 用之者，當明爲訓解，以免後人牽疑；似此，同田貼毀所載明明从心鬼聲
> 之慙愧字也，應糾正《說文》。〔註189〕

此慤齋之功也。按：陳（田）貼毀愧字作畏，知銘文媿、愧二字有別，訓慚者當以

〔註185〕楊樹達：《積微居金文說》，（北京，科學出版社），頁200。

〔註186〕書同注55，四篇，頁8至9。

〔註187〕書同注1，頁197。

〔註188〕書同注20之三八，頁32。

〔註189〕書同注55，五篇，頁203至204。

从心之愧爲本字。

63. 始

《古籀補》曰：

𤔃 　始，婦之長者。《爾雅》：「女子同出，謂先生爲姒」，凡經典姒字皆當作始，古文台、以爲一字，許書無姒字。〔註190〕

按：此說甚塙。高田忠周曰：

始、姒古一字耳，但台、以通用非同字，以實似本字，亦與目通用；台是目聲，故始姒爲同字也，而始或與似通用。〔註191〕

《隸續・司農劉夫人碑跋》云：「其云德配，古列任似者」，以似爲姒也。而《隸釋・郭輔碑》云：「行追太姒」，是漢世固有姒字，以古銘文觀之，皆當作始。而古始（姒）或不從女，如王姒方鼎銘文：「王目姒乍作**寶鼎**」〔註192〕；又如后母姒康方鼎銘文：「后母目姒康」〔註193〕。

64. 或

《古籀補》曰：

或，古國字，從戈守口，象城有外垣。毛公鼎：「康能四國俗」〔註194〕。

按：《說文》曰：「**或**，邦也。從口從戈以守一；一，地也」。田倩君先生曰：「口既爲地，何須重複一地」〔註195〕。愙齋所謂「象城有外垣」，亦同感此疑者也。於國字之新說，今未知其然否。而各家說法頗見分歧。高田忠周謂字實從口弋作吚爲最古正文，邦國四方有分界表識之意，弋戈形似，故通用吚作哎〔註196〕。田倩君先生謂金文邑字或作**号**，下從人；國之初文應作**䢔**，乃戈與邑之合體，後省作**或**，故一乃人也〔註197〕。

65. 匿

《古籀補》曰：

〔註190〕書同注1，頁196。
〔註191〕書同注20之三八，頁2。
〔註192〕見《續考古圖》，（臺北，藝文出版）卷四，頁10。
〔註193〕見〈扶風白龍大隊發現西周早期墓葬〉，《文物》1978年2期。
〔註194〕書同注1，頁200。
〔註195〕書同注127，頁341至343，〈國字的演變〉。
〔註196〕書同注20之十九，頁15。
〔註197〕書同注127，頁341至342，〈國字的演變〉。

🔲，古匿字，象隱蔽形。从匚，若聲。一曰藏蓴於匚中，以蔽物也。芔，蓴之茂者。後人加心作慝。〔註198〕

按：高田忠周曰：

《說文》匿，亡也。从乚，若聲。蓋許氏亦誤，今見此篆明皙从匚，不从乚。謂从乚，故解亦曰亡也；字从匚，未可訓亡也。匚，所以藏之器也；从匚若聲，亦應訓藏義也。《廣韻》曰：「藏也，微也，亡也，陰姦也」，藏爲本義不誤。《荀子·天論》：「匿則大惑」，注謂隱匿其情也。轉義爲姦惡而字變作慝。僖十五年《左傳》：「於是展氏有隱慝焉」；《詩·民勞》：「無牌作慝」，《傳》：「惡也」。……又按屮即古文茲字，若亦古文作茲，然則此篆从茲聲，非若聲也。茲下二點爲羨文，疑古已有結構增減之法乎，又或从蠚省聲」〔註199〕。

《說文》乚下云：「褢袤有所夾藏也。从乚，上有一覆之。凡乚之屬皆从乚，讀若隱同」。匚下云：「匚，受物之器。象形。凡匚之屬皆从匚。讀若方；匚，籀文匚」。以古金文觀之，匿字从匚，非从乚，高田氏之說是也。

66. 匽

《古籀補》曰：

🔲，古匽字。从🔲，上有一覆之，象燕之匽於巢也。許氏說：「匽，匿也」，🔲古燕字。子璋鐘：「用匽以喜」，今經典通作燕。〔註200〕

按：意齋以爲🔲（匽侯盂）、🔲（匽侯鼎）、🔲（匽侯旨鼎）乃燕字，《古籀補》收燕字下，曰：「古燕字。象燕處巢，見其首。🔲字從此。宴、匽、偃三字皆當从🔲。許氏說：『晏，安也』、「宴，安也」、『匽，匿也』，皆燕安之義。小篆从日从女，形相近而古義亡矣。經典通作燕」。又以爲燕（🔲）字上有一覆之者爲匽字，因而《古籀補》將🔲（子璋鐘）、🔲（沈兒鐘）收入匽字下。容庚《金文編》則將🔲、🔲兩形竝隸定作匽，竝云：「經典通作燕」，諸家多從容庚之說。字从日从女，意齋之說失之穿鑿。燕、匽音同借用，字形本不相涉。陳夢家云：

春秋金文燕作匽，戰國金文增邑作郾，凡此匽字，潘祖蔭說，當爲燕之假借字（攀古15），是正確的。秦漢之際，不知何故，凡匽國一律改爲燕。朱駿聲《說文通訓定聲》嬴下云：「鄭語：「嬴，伯翳之後也」。伯翳子皋

〔註198〕書同注1，頁204。
〔註199〕書同注20之二一，頁33至34。
〔註200〕書同注1，頁204。

陶偃姓，蓋以偃爲之，偃嬴一聲之轉」。如其說可立，則匽之改燕當在秦滅燕之後，以匽爲秦姓，所以改去之。〔註201〕

陳槃先生引傅斯年先生之言，謂匽指今河南郾城治境，即召公初封之地也，復徙於玉田縣（今河北省北部）；燕山，山繫以燕者，因燕國移殖而得名也。〔註202〕說見《譔異》一冊頁77頁至79。白川靜之說略同，曰：

> 匽侯即後之燕侯，西周之器作匽，列國之器則作郾。……匽侯爲召氏之一族，周初封於匽者也。……召氏之本籍爲包括河南郾城、河南西部之地所謂南燕或亦爲其故地之一。其後匽蓋或移封於北方之易縣，匽侯盂等一組器更自北部熱河凌源出土。〔註203〕

又曰：

> 余意匽乃郾城郾師方面之舊名，徐郾王故事中之偃亦指此等淮河流域之地，其有關彝器從山東河南出土者，可視爲乃其行動之範圍及其移動以後之故事也。匽並非即北燕。〔註204〕

上引陳槃先生之文，中曰：

> 今郾城縣實括故郾、召陵二縣境。近年郾城出許沖墓，則所謂召陵萬歲里之許沖，固居今郾城治境中；曰偃、曰召不爲孤證，其爲召公初封之燕無疑也。參稽故實，可確知「匽」字之流傳及經典假借之軌跡，可探古史之原貌。

67. 弼

《古籀補》曰：

> 𢏗，古弼字。毛公鼎：「蓋弼魚箭」；《詩‧采芑》：「簟茀魚服」；〈韓奕〉：「簟茀錯衡」，《箋》云：「簟茀，漆簟以爲車蔽，今之藩也」。茀當作弗，古文弼字；弼以蔽車，有輔弼之義」。〔註205〕

按：《說文》曰：「弼，輔也。從弜，丙聲。𢏹古文弼如此。𢏗，亦古文弼。𢎺，弼或如此」。段注曰：

> 〈釋詁〉曰：「弼，俌也」；人部曰：「俌，輔也，俌輔音義皆同也。《詩》

〔註201〕王夢旦《金文論文選》，（香港出版），頁86至87，〈西周銅器斷代匽侯盂〉。

〔註202〕陳槃《春秋大事表列國爵姓及存滅表譔異》，（臺北，中央研究院史語所集刊），頁77至79。

〔註203〕白川靜：《金文通釋》第八輯，頁414至415，三八〈匽侯旨鼎〉。

〔註204〕書同前注，第八輯，頁462至464，四四〈小臣𤔾鼎〉。

〔註205〕書同前注1，頁206。

曰：「交韔二弓，竹閉緄縢」，《傳》云：「交韔，交二弓于韔中也；閉紲緄繩縢約也」。〈小雅〉：「騂騂角弓，翩其反矣」，《傳》曰：「騂騂，調利皃；不善紲檠巧用則翩然而反也」。〈士喪禮〉（連案：當作〈既夕禮〉。）注曰：「柲，弓檠。弛則縛之於弓裡，備損傷，以竹爲之，《詩》所謂竹閉緄縢」。木部曰：「榜，所以輔弓弩」「檠，榜也」。然則曰檠、曰榜、曰柲、曰閉者，竹木爲之；曰紲，曰縢者，縛之於弓以定其體也。

柲之名義，段氏言之甚塙。《荀子・臣道篇》：「有能抗君之命，竊君之重，反君之事，以安國之危，除君之辱，功伐足以成國之大利，謂之拂」，楊倞注曰：「拂讀爲弼，弼所以輔正弓弩者也」。可知柲、弼同爲輔弓之器。《說文通訓定聲》曰：

弻，按當訓弓輔也，从重弓从丙，會意。丙者，竹上皮也。凡弛弓則縛於裏以備損傷，用竹若木爲之，亦曰檠，曰榜，曰閉，曰柲。

唐蘭謂詩中簟茀有二：一爲車蔽、一爲弓柲。弻字乃簟茀、竹閉、柲之本字，象竹席捆綁兩張弓；又作㢸，乃是用雙重竹席捆綁一弓。弻字从囪，即簟字，而複用簟弻成辭，有如鯉字从魚，魚意已足，而習以鯉魚成辭〔註 206〕。由上述可知窓齋、王國維以弻爲車蔽，非也。金文弻字从囪，象竹席，《說文》从丙，乃譌變之故。《說文》古文作㢸，从弜从攴會意，攴爲攴之異體，字从攴从又同，示以手榜之也。《說文》古文又作𢏋，从弓弗，弗亦聲；弗，矯也，示矯正輔弼之義，弗、弼雙聲通，參見許師錟輝《說文重文諧聲考》。《孟子・告子篇》：「入則無法家拂士」，拂讀弼。《荀子・臣道篇》：「功伐足以成國之大利，謂之拂」，楊倞注：「讀爲弼」，此聲同互通之例。

（以上卷十二）

68. 綰

《字說》曰：

古緩字即綰字。何以知之？以姑敦眉壽綽綰之字證之，而知緩綰爲一字也。彝器文綽綰二字異文甚多，薛氏《鐘鼎款識》伯碩父鼎作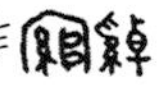，晉姜鼎作，孟姜敦作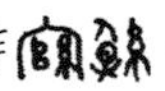。《說文》素部𦃃䋣二字連文。𦃃，䋣也，或省作綽；𦃃、䋣也，或省作緩。大澂以爲綽綰眉壽，古延年語也。許書所謂綽緩，即古金文之綽綰，知綰即古緩字。《說文》系部別出古綰字，訓惡也，絳也；一曰綃也，讀若雞卵，則漢時之異說矣。姑敦字从官从糸从䋣，可知綰字變緩之䋣。〔註 207〕

〔註 206〕唐蘭：〈弓形器（銅弓柲）用途考〉，載於《考古》1973 年第三期，頁 179 至 181。
〔註 207〕書同注 4，頁 39，〈緩字說〉。

按：金文言縮綽者二，言綽縮者三：

　　用旂匂百录眉壽，縮綽永命，萬年無疆（史伯碩父鼎）。

　　縮綽眉壽，永命彌氒生，萬年無疆（叔俟孫父毀）。

　　旂匂眉壽綽縮，永命彌氒生，霝冬其萬年無疆（蔡姞毀）。

　　用旂辥縮眉壽，作寶爲盂，萬年無疆（晉姜鼎）。

　　綽縮發录屯魯（癲鐘戊組）

徐中舒謂縮綽於《書》《詩》中作寬綽，縮，寬古音同在元部，《爾雅·釋訓》：寬，綽也。凡金文之言縮綽，綽縮者，皆有延長不絕之意，〈金文嘏辭釋例〉一文舉證詳審。〔註208〕裘錫圭曰：

　　　　縮命，金文的求福之辭。屢以縮綽或綽縮與永命或眉壽連言。縮綽與
　　寬緩意近。大概就是長命的意思。〔註209〕

愙齋謂緩、縮本一字，並謂《說文》縮字訓惡也、絳也（段玉裁改爲惡絳也三字）、一曰綃也（段玉裁改作纅也），讀若雞卵，乃漢時之異說。高田忠周不以爲然，曰：

　　　　縮、緩義迥遠而古音同部，故初借縮爲緩，而後合緩縮爲此篆（指[圖]），
　　縮緩非同字也。〔註210〕

高田氏之說可從。

69. 彝

《古籀補》曰：

　　[圖]，楊沂孫說古彝字从雞从廾，[圖]象冠翼尾距形，手執雞者，守時而動有常道也，故宗廟常器謂之彝。《禮》：「夏后氏以雞彝」，鄭司農曰：「宗伯主雞」。〔註211〕

按：《說文》曰：「[圖]，宗廟常器也。从糸；糸，綦也。[圖]持之。米，器中實也，从互象形。此與爵相似，《周禮》六彝：雞彝、鳥彝、黃彝、虎彝、蜼彝、斝彝，目待裸將之禮。[圖]、[圖]皆古文彝」。[圖]字从雞鳥象形，兩翼受縛，……象鬱邑自其喙下流出之形，小篆訛作米；从[圖]，以兩手持之。徐中舒曰：

　　　　（楊沂孫）指示彝所從之形體極爲明確可信，惟其說解雞守時而動爲有常道，以釋彝之訓常，則未免迂曲。按彝之所以象雙手捧雞或鳥形者，以宗

〔註208〕《中央研究院史語所集刊》第六本一分，頁39至40。
〔註209〕裘錫圭：〈史墻盤銘解釋受(授)天子縮(縮)令(命)厚福豐年〉，載於《文物》1978年第三期，頁28。
〔註210〕書同注20之六八，頁27。
〔註211〕書同注1，頁213。

廟常器中實有象雞或鳥形之物。〔註212〕

徐氏之說近是。金文彝字多作捧雞之形，然中有一二不作捧雞形者，如 ![字] （作從彝盤）、![字]（曾姬無卹壺）、![字]（蔡侯盤）。劉節謂「彝」本古代氏族之徽幟，即西洋人類之圖騰，下加 ![字] 以持之。據〈商頌〉：「天命玄鳥降而生商」，而謂殷人中稱王之氏族本以鳥爲圖騰，故彝字從鳥形從 ![字]。《國語》：「凡我造國，無從非彝」，彝之緊要如此。金文彝字頗多異體，以其來自多種氏族，故其圖騰不一。商周宗廟禮器亦刻有圖騰，故彝字引申爲禮器之名。〔註213〕李孝定先生曰：

> 劉節謂鳥爲玄鳥，乃殷之圖騰，林潔明氏從之，果如其言，則周人不當用
> 此字矣。〔註214〕

此說是也。周人滅商，彝字乃宗廟朝廷之大事，何以採取敵國標誌之圖騰（玄鳥）以爲用乎？而周人彝字以鳥（雞）形居多，劉氏之說未允。李先生又曰：

> 蓋先民祭祀，有以鳥類獻享者，故造字象之。後世彌文，祭器或取象犧牲，
> 如《周禮》司尊彝所言，雞鳥虎蜼，並得以彝名之，其時彝已爲宗廟常器
> 之通名矣。（引同上）

70. 璽

《字說》曰：

> 《周禮·掌節》云：「貨賄用璽節」，《鄭注》：「璽節者，今之印章也」。《說
> 文解字》土部：「璽，王者印也。以主土，從土，爾聲。籀文璽從玉。」
> 劉熙《釋名》：「璽，徙也，封物使可轉移而不可發也」。案，《周禮》「貨
> 賄用璽節」上云：「守邦國者用玉節，守都鄙者用角節」，是璽節與玉節判
> 然不同；且等威之辨，以玉爲上，貨賄用璽節不得僭用玉可知。就義攷文，
> 其字亦不當從玉。秦漢以來，天子之印用玉稱璽，下此稱印稱章，不復名
> 璽；許說乃漢時通稱，鄭、劉猶仍古義，不專以璽爲王者印也。余所集古
> 鉥印文一百餘種，往往有鉥字，其印即周之璽節。木、爾古通，璽用金，
> 故從金，鉥之異文爲 ![古文字群]，古文變化不一，省金
> 爲全，再省爲王，增木爲 ![字]，再增爲爾。或繁或簡，古今不同也。鉥文
> 多 ![字]，亦作 ![字]，當釋計鉥。或曰本鉥，當釋市鉥。或曰命鉥，或
> 曰傳鉥。許書計：「會也，筭也」。計鉥、市鉥與《周禮》貨賄之說合，傳

〔註212〕徐中舒：〈說尊彝〉，載於《中央研究院史語所集刊》第七本一分，頁75至76。
〔註213〕詳見《攷存》頁168至173。
〔註214〕書同註27，頁443。

鉢、命鉢蓋封書傳命之意，與劉氏轉徙之說合。又有司徒、司馬、司工等
官名，則鉢又不僅爲通貨所用也。古陶文節墨鉢作𡉈，此鉢字變璽之漸。
〔註215〕

按：文中「省金爲全，再省爲王」一句殆不盡然，印章有金質、玉質之別，字之所
從遂異，非必視爲字形之譌變。又所舉廿鉢，計鉢乃「信鉢」，而非「計鉢」；本
乃帀字，古鉢中假爲「師」字，本鉢當釋帀鉢，亦即師鉢。今所見「張市」古鉢之
「市」字作帯，可參較，知愙齋釋「市鉢」之未安。

71. 堇

《古籀補》曰：

墨，古堇字。從黃從火。火，古文火字，舊釋作堇山，非是。〔註216〕

按：《說文》曰：「堇，黏土也。從土，從黃省」。金文墨，吳雲釋堇山二字
〔註217〕，誤。《說文》謂從黃省，字實從黃不省。愙齋所錄堇字皆從火，而金文堇
字實有從土者，如猷鐘作墓（按：猷鐘於《古籀補》中名曰宗周鐘，採錄其中十八
字，而不錄堇字），齊侯壺作墓，齊陳曼簠作墓，皆從土之例，知金文堇字有二體也。
馬敘倫曰：

倫謂墨是糞字，從火，從黃得聲，糞之初文也。……黃，《說文》訓爲地
之色，非本義，亦非本訓，黃爲堇之初文。倫親論黏土，色正黃，玄土不
黏，……黃本黏土，以其色黃，假借爲黃土之偁。黃爲假借之義所專，故
增土爲墓，後增土爲墐。〔註218〕

馬氏之言只合於從土之堇，而古金文堇字多從火，故知其說可商。堇字之義未詳。

72. 畺

《古籀補》曰：

畺，古疆字。從畕從弓，一者，田界也。《儀禮・鄉射禮》：「侯道五十弓」，
《疏》云：「六尺爲步，弓之古制（連案：十三經注疏本作下制），六尺與
步相應」，此古者以弓紀步之證。後世量地之弓，周人有用之者。一曰象
田間之水道也。小篆從土。盂鼎：「受民受疆土」。〔註219〕

〔註215〕書同注4，頁16。
〔註216〕書同注1，頁219。
〔註217〕吳雲：《兩罍軒彝器圖錄》卷三，頁10，〈毆𣂴鼎蓋〉
〔註218〕書同注126，頁122，〈𡥈白彝〉。
〔註219〕書同注1，頁221。

按：《說文》云：「畺，界也。从畕，三，其介畫也。疆，畺或从土，彊聲」。《詩‧信南山》：「我疆我理」，《傳》曰：「疆，畫經界也；理，分地理也」。〈縣〉：「乃疆乃理」，〈江漢〉曰：「于疆于理」，其義皆同。彊字訓畫經界，而从弓之由，愙齋之言甚塙。丁山曰：

> 其實畺、彊、疆一名，惟疆爲彊界，彊場之正字耳。萬壽無疆、眉壽無疆，金文作彊者十八九，其在卜辭亦但作圖（《後編》下，頁 2），皆从弓从畕。吳大澂謂……周人量地以弓，故彊从弓矣。……知當以圖爲正字，繁演爲圖（盂鼎）、圖（散氏盤）、圖（師遽敦）、圖（討仲敦），彊右有三畫者爲後起字，省弓爲畺，畺之形又起於圖形之後，畺非古於彊也。〔註220〕

又云：

> 疆爲周宋新字，蓋其時，彊已借爲強弱字，乃別从土作疆，以爲彊界專字。
> （引同上）

于省吾曰：

> 甲骨文彊字作圖（《後下》二、一七），因以弓計，故从弓。《儀禮‧鄉射禮》的「侯道五十弓」，《賈疏》：「六尺爲步，弓之下制六尺，與步相應」。《周禮‧司裘》鄭注：「凡此侯道，虎九十弓，熊七十弓，豹麋五十弓」。《度地論》：「二尺爲一肘，四肘爲一弓，三百弓爲一里。」按吳大澂《說文古籀補》于彊字下只引《儀禮‧鄉射禮》。郝懿行《證俗文地曰弓條》說解較詳。今以甲骨文彊字驗之，則以弓量田，商代已經有之。〔註221〕

以上三家之說略同。而李孝定先生曰：

> 丁山氏謂畺、彊、疆一名，惟疆爲彊界、彊場之正字，亦未安。按訓比田之畕與訓界之畺實爲一字，此田必有界，畕爲會意，畺爲指事。彊則从弓，畺聲，爲弓有力之本字，引申爲凡強弱之稱；用爲「萬壽無疆」乃假借，後又增土爲疆，从土，彊聲。〔註222〕

余以爲吳、丁、于之說較佳，而未之盡。古量地以弓、彊之本義當爲畫彊界，後世借爲強弱字，故加土作疆。畕、畺古本一字，訓《說文》「比田也」，此其古音與彊同，故可借用，梁伯友鼎：「其萬季無畕」，毛伯簋：「其萬季無畺」，是其例也。彝銘「眉壽無疆」，十之八九作「彊」；作疆、畺、畕者只一二例而已，可證成此說。

（以上卷十三）

〔註220〕丁山《說文闕義箋》，（臺北，中研院史語所），頁 52 至 53。
〔註221〕《甲骨文字釋林》卷下，頁 415 至 416，〈釋畺〉。
〔註222〕書同註27，頁 454。

73. 鑄

《古籀補》曰：

　　■，古鑄字，象手鑄器形，下象鑪火，中二爲金，以火銷金曰鑄。鄦子妝

　　簠。〔註223〕

按：《說文》曰：「鑄，銷金也。从金，壽聲」。鄦子妝簠■字乃古文鑄字，會意，愙

齋之說是也。金文鑄字或加■爲聲符：如■（守簠）、■（取膚匜）、■（鑄卡簠）

始變爲形聲字。余義鐘作■，與小篆■之形稍近似矣。

74. 錞

《古籀補》曰：

　　■，許氏說：「矛戰（連案：戰乃戟之誤）柲下銅鐏也」。陳侯因咨敦：「用

　　作孝武趄公祭器錞」，錞當即敦之異文，其制以三環爲小足、二環爲耳，

　　與古敦亦小異矣。〔註224〕

按：愙齋之說近是。金文錞器與臺、敦、錞同，經典作敦。《說文》「矛戟柲下銅鐏

也」之錞字實應改爲鐏，舊本皆誤，段注始正之。段注曰：

　　《園應書》廿一引《說文》作鐏，而謂梵經作錞，乃樂器錞于字。然則東

　　晉唐初《說文》作鐏可知。《玉篇》、《廣韻》皆鐏爲正字，錞注同上。〈曲

　　禮〉：「進矛戟者前其鐏」，《釋文》云：「又作錞」而已。

錞（錞）與鐏（鐏）二物迥異。段氏鐏字下云：

　　柲、欑也；欑，積竹枝也。矛戟之柲以積竹杖爲之，其首非銅裏而固之恐

　　易散，故有銅鐏，故字从金。

75. 車

《古籀補》曰：

　　■，古車字。象輪轂轅軛之形，或从戔，非。……■象轅耑上曲鉤衡形。

　　《詩·小戎》傳：「梁輈，輈上句衡也。〔註225〕

按：《說文》云：「車，輿輪之總名也。夏后時，奚仲所造，象形。凡車之屬皆从車。

轈，籀文車」。段氏於轈下注曰：

　　从戈者，車所建之兵莫先於戈也。从重車者，象兵車聯綴也，重車則重戈

〔註223〕書同注1，頁224。

〔註224〕書同注1，頁227。

〔註225〕書同注1，頁230。

矣。

戴乃金文**𩗭**形變而譌，段氏曲爲之說，不塙。恕齋之說不誤。孫詒讓曰：

> 金文車字作**𩗭**，……左兩中象兩輪。旁兩畫象轂耑之鍵而軸貫之。其中
> 畫特長夾於兩輪與軸午交者，輈也。輈曲爲梁形，前出而連於衡，故右爲
> **牛**形；長畫與輈午交者，衡也；兩旁短畫下歧如半月者，軏與軛也。蓋衡
> 縛於輈，軏縛於衡，而軛又縛於軏也。……又父乙尊作**𩗭**（吳大澂《說
> 文古籀補》）則又象梁輈上出，於形尤析。〔註226〕

其說是也。金祥恆先生〈釋車〉一文亦十分詳審。〔註227〕

76. 降

《古籀補》曰：

> **𨽰**，古降字。从𨸏，从二足迹行。陟、降二字相對，二止前行爲陟，倒
> 行爲降；後人但知止爲足迹，不知**𦥑𦥑**皆足迹也。自**𦥑**變爲**夂**，**𦥑**變爲**夂**，
> **𦥑𦥑**變爲**夊夊**，古義亡而**夂**、**夂**、**夊夊**等字皆失其解矣。〔註228〕

按：恕齋之說甚塙，容庚《金文編》全數引用，高田忠周云：

> 按：吳（大澂）說爲新獲創見。依此說即知陟字从步，降字从倒步。倒步者，
> 夅也；步者，前進也。夅者，退卻也；退卻者，降服之意也。夅字从倒步，
> 其意尤分明者也。許氏夅下云：「从夂𠂤相承」，未察篆形甚矣。〔註229〕

闡釋甚詳。李孝定先生曰：

> 吳大澂氏謂「二止前行爲陟，倒行爲降」，當改爲「上行爲陟，下行爲降」，
> 乃合。〔註230〕

其說可從。

77. 辥

《古籀補》曰：

> **辥**，古辥字。許氏說：「辠也」。大澂案：辥、辟皆从辛，義亦相同。《書·
> 金滕》：「我之弗辟」，《釋文》：「辟，治也」。宗婦方壺：「以降大福，保辥

〔註226〕孫詒讓《籀膏述林》，（臺北，藝文，孫籀廎先生集本）之三，頁 22 至 24〈籀文車
　　　　字說〉。
〔註227〕見於《中國文字》第四冊，頁 415。
〔註228〕書同注 1，頁 234。
〔註229〕書同注 20 之十五，頁 22。
〔註230〕書同注 27，頁 472。

鄦國」，辥亦當訓治。許書辟部：「嬖，治也」，引《周書》「我之不嬖」；「嬖，
治也」，引《虞書》「有能俾嬖」，疑嬖、嬖皆辟之異文，故皆訓治。〔註231〕

按：辥字，《說文》訓「辠也」，愙齋以為古金文當訓治，是也。王國維言辥、辟、
嬖、乂之關係實前有所承，而轉精詳。其言曰：

彝器多見辥字。毛公鼎云：「𥄂辥厥辟」，又云：「辥我邦我家」；克鼎云：
「辥王家」，又云：「保辥周邦」……其字或作辥，或作辥，余謂此經典中
乂，艾之本字也。〈釋詁〉：「乂，治也。」「艾，相也，養也。」《說文》：
「嬖，治也。從辟，乂聲。」《虞書》曰：『有能俾嬖』」；是經典乂字，壁
中古文作嬖，此嬖字蓋辥字之譌；初以形近譌為辟，後人因辟讀與辥讀不
同，故又加乂以為聲。經典作乂、作艾，亦辥之假借。《書·君奭》之用
乂厥辟，即毛公鼎之𥄂辥厥辟也；〈康誥〉之用保乂民，〈多士〉、〈君奭〉
之保乂有殷；〈康王之誥〉之保乂王家；《詩·小雅》之保艾爾後，即克鼎、
宗婦敦、晉邦盦之保辥也。辥厥辟之辥用相乂；保辥之辥兼相養二義，皆
由治義引伸，其本義當訓為治。殷虛卜辭有𢀇字，其字從自從亏，與辥字
從人從亏同意。自者，眾也，金文或加從從止，蓋謂人有辛，自以止之，
故訓為治。或變止為中，與小篆同；中者，止之譌；猶奔字盂鼎作�，從
三止，克鼎及石鼓夊均變而從三中矣。《說文》不知嬖為辥之譌字，以辥
之本義系於嬖下，復訓辥為辠，則又誤以辛之本誼為辥之本義矣。《說文》
辥字在辛部，從辛。然古文皆從𡴆、或從𡴆。𡴆、𡴆皆《說文》辛之初字
也。……余謂十干之辛自為一字，……訓辠之辛又自為一字，……此二字
之分，不在橫畫多寡，而在縱畫之曲直。……知𠀀乃亏之繁文，亏、丂又
一字矣。亏字當從《說文》丂字讀，讀如嬖，即天作孽之孽之本字，故訓
為辠辥字，從自止亏，會意，亦以為聲。〔註232〕

又曰：

辥從辛得誼，兼以為聲。……辥讀如臬，故古亦借乂為之。〔註233〕

78. 羞

《古籀補》曰：

〔註231〕書同注1，頁241。

〔註232〕書同注2，頁279至282，〈釋辥〉。

〔註233〕書同注120，頁1995至2001，〈毛公鼎銘考釋〉。

（字形），古羞字。从又獻羊。詳氏説：「進獻也」。小篆从丑，非是。〔註234〕

按：从又獻羊之說是也，林義光、容庚皆从其說〔註235〕。惟小篆从丑亦不誤；丑，手也，與「又」同意，故可通作，此李孝定先生之說也。

79. 戌

《古籀補》曰：

（字形）頌敦「甲戌」，或作成，古文叚借字。許氏說：「戌，滅也。九月陽气微，萬物畢成」，故古文成字从戌得義，小篆从戊。〔註236〕

按：《說文》云：「戌，威也。九月陽氣微，萬物畢成，陽下入地也。五行，土生於戊，盛於戌；从戊一、一亦聲」。古戌、成二字多通用，吳其昌舉證如下：

頌毀「甲戌」通爲「甲成」，其證一。頌毀「成周」通作「戌周」，其證二。录或卣「成周」亦通作「戌周」，其證三。成爲成王子成叔，武之後，姬姓之國，而白多父篹「成姬」作「戌姬」，其證四。《公羊傳·成公十五年》：「宋世子戌」，《釋文》：「戌，本或作成」，其證五。《左氏傳·文公二年》：「宋公子成」，《釋文》：「成，本成作戌」，其證六。〔註237〕

成、戌互用，證據確鑿。憩齋引許氏五行之說釋金文「成」字从戌不从戊之由，而許氏釋戌固不可信，未可據以解「成」字。然就古金文觀之，成字字形所从與戌近而與戊字迥異。憩齋之言當改爲：「古文成字从戌得形，小篆从戊」。張日昇云：

金文及甲骨文中象兵器之文字而形易混者有四：戊、戉、戌、歲是也。

	戊	戉	戌	歲
甲骨文	（字形）	（字形）	（字形）	（字形）
金　文	（字形）	（字形）	（字形）咸字所从	（字形）

四字皆橫刃，有柲，獨其刃之形制不同。戊刃呈圓形，與柲密接。戉刃廣，兩端曲迴，似先繫於援端，然後按於柲，與勞榦所謂石鐮刀之作（字形）略同。戌刃廣，故每易互混作（字形），然兩者斷非一物。戉作月形，因以爲聲；歲作

〔註234〕書同注1，頁244。
〔註235〕容庚：《寶蘊樓彝器圖錄》，頁30，〈周羞鼎〉。
〔註236〕書同注1，頁249。
〔註237〕吳其昌：〈金文名象疏證〉，載於《武大文哲季刊》五卷三期，頁525至527。

　　半月形，與戉略似，然其兩端曲迴處彎度較大，且向內卷，而刃與柲
　　間之距離較短，戌戊歲亦非一物。〔註238〕
此說可補許氏不足。
　　（以上卷十四）

第五章　字體之摹寫及隸定

　　《古籀補》全書悉據墨拓原本手自摹寫，絲毫不苟，形狀酷似。然彝銘字體互有小大之別，《古籀補》一其大小，雖收整齊之效，神采則遜矣。古籀形體多繁飾，如車字作，於形已足，車卣（《古籀補》稱立戈形車卣）之車字作，王國維曰：「古者戈建於車上，故畫車形乃並畫所建之戈」，《古籀補》將繁飾之戈形視爲另一字，故十四卷車字下唯摹其下半而已。或有銘文未易通讀者，其間筆劃疏闊之一字輒割裂爲二，通讀益難。如乙亥方鼎之字，遷字也；《古籀補》割裂爲二，隸定其下半爲還字，歸卷二；其上半不可識，歸於附錄。此雖容氏《金文編》之精審，猶或未免，如《金文編》1312 號字，實割裂字爲二，誤矣。或有合體文字鮮爲人知者，辨識較難。以《古籀補》頁 143字爲例，愙齋名此幣曰「俞八化幣」，隸定爲俞字。然觀以下二布，知其說可商。

（A）

（B）

　　（A）圖隸定爲「榆即」，爲「榆鄉」之俗省，榆鄉地在山東榆次，此布愙齋未見。《古籀補》惟採（B）圖，「榆」省木旁，「即」省旁，並且二字合文，寫作，若無（A）錢參照，幾不可辨，愙齋既不得比照二布，焉得塙釋乎？

　　容氏《金文編》聚集圖形文字之「不可識」者於〈附錄〉之上編；惟其不可識，故編入〈附錄〉，非謂其不成文字也。林澐曰：

如⬚為《說文》所無，但因西周金文有⬚，故也被編入正編。又如⬚，不僅為《說文》所無，就連西周金文中也不見此字，但因偏旁均可辨識，故隸定為⬚，而亦歸正編。由此可見，《金文編》雖立了一個未作明確定義的「圖形文字」的名目，卻又把早期金文分別考定為真正的文字的傾向，故凡例中申明，只有「圖形文字之不可識者」，才編入〈附錄〉上。〔註1〕

又曰：

《金文編·附錄》上所收的早期金文，現在已有不少被認出是甚麼字了。如⬚之為刀，⬚之為弜，⬚之為何（荷）等等，不勝枚舉。……又如⬚……其最繁體作⬚（《三代》一四、二九），最簡體則作⬚（《三代》一九、七），和甲骨文中習見的人名⬚相同，故亦可肯定是一個字。最近于省吾先生考定為舉，亦即後世偏旁中𢌳的初文。……⬚不識，但甲骨刻辭有「令⬚伐𦧇」（《拾遺》四、一五）；⬚不識，但甲骨刻辭有「⬚不其出……」（《甲》一二九）；⬚不識，但甲骨刻辭有「⬚……」殘辭不可通讀（《前》二、一一、四）；⬚不識，但甲骨刻辭有「貞……⬚……⬚……」（《鄴》三、三四、八）等等。另有一批，則根據簡省的規律也可推定為字。如⬚可省為⬚，而甲骨文中也有⬚（《京津》三一〇二）；⬚省持刀之手，即甲骨刻辭「呼取⬚弜」（《綴》五九）之⬚等等，本來認為不可識的銘文，不斷被確定為真正的文字，而加以考釋。（引同上）

隸定字體如積薪，後來居上，《古籀補》之隸定，可代表當日隸定之成績，誤謬難免。本章將《古籀補》正編之摹寫、隸定未確者列為表一，逐卷排比，字序仍舊，便于檢尋。〈附錄〉部份，則將所謂「疑其所不當疑」者列為表二；其餘皆愙齋所不能隸定者，列為表三。凡此，《古籀補》全書更正一過矣。表中所列諸字，其有容庚不能隸定而置於《金文編·附錄》者，則注曰：「《金文編》入〈附錄〉」，並標注《金文詁林附錄》之代號及頁碼。然《金文詁林附錄》或無確釋，則更援近人之說以正之，而《金文詁林附錄》之代號及頁碼仍舊標出，便檢尋也。

《金文編》採集浩博，一字之各類字形理當完備，然偶或積累數十結構相同者，而遺漏一二異構之字形。今由《古籀補》中摘取實例，作為表四，此乃《古籀補》所特有而《金文編》所無之字形，或《古籀補》之隸定優於《金文編》者。雖為數不多，然病不在表中諸字，乃在《金文編》採集字形之方法或有可議。凡彝銘之信實者，悉可入《金文編》，形構相同者過蕃，則保留重器，去其輕微。今《金文編》

〔註1〕 林澐：〈對早期銅器銘文的幾點看法〉，載於《古文字研究》第五輯。

之字，惟採自三千一百六十五器，此中彝銘字之有異構者未能悉予採錄，遑論字形之有異構者，其彝銘或不爲容氏三千一百六十五器所納，其採字之未備也固宜。近人之編纂所謂「字形表」者，增收少數新出土之彝銘，新人耳目；而於往日出土之彝銘，多未加以分析取材，取用範圍固囿於《金文編》，曷能「兼備異構」乎？

表一：正編凡十四卷

字形	出　　　　　處	古籀補頁　碼	愙齋隸定	訂　正	備　　　　　註
▼	己且丁父癸鼎	2	帝	/	同類引例：▽　▽己且丁父癸卣 羅福頤《三代釋文》以爲帝字。
祝	伐郳彝	3	祀	祝	容庚《金文編》釋祀，謂《說文》所無。 郭氏釋祝，是也。
裸	陳侯因資敦	3	裸	寅	
裸	魯侯角	3	裸	/	孫詒讓亦釋裸，郭氏釋酉，皆能通讀，然字形無徵。 《金文編・附錄》（《詁》P2643 3627）
瑉	魯公伐郜鼎	5	瑉	✕	器僞，字亦下類
蘭	蘭人幣	7	蘭	虇	
蒲	蒲子幣	7	蒲	莆	戰國。東亞四布貨
蒲	蒲坂幣	7	蒲	甫	幣文「甫反」即蒲坂。
艾	盂鼎	7	艾	榮	同類引例：艾己侯敦。
董	古鉢文	7	董	郵	
蘁	古鉢文	7	蘁	蘁	一字印：「蘁」。（萬、故）
薄	虢季子白盤	8	薄	搏	
薄	師袁敦	8	薄	博	
茶	古鉢文	9	茶	筞	同類引例：筞古鉢文 （一）「鄳筞」印（魯）。 （二）「事筞」印（連）。

字形	出處	頁	字	楷	備註
蘇	古鉥文	9	簶	籙	印文曰：「司馬籙」（汇）
					（以上卷一）
豕	頌鼎	12	豕	豕	
釳	師奎父鼎	12	介	匃	吳清卿云：「師奎父鼎，用匃眉壽。今經典通用介。匃字重文。」
葡	毛公鼎	13	犕	葡	《古籀補》，《金文編》卷二葡字，李孝定先生議刪，可從。詳見第四章 10 條。
葡	北征葡	13	犕		
岳	空首幣	14	咎	岩	見郭氏《兩攷》頁 242，穌岩妊鼎。《金文編》入〈附錄〉（《詁》P1228 3023）
邵	召王敦	15	召	邵	同類引例：邵召王鼎。
璃	甬皇父敦	16	周	璃	
呈	拍盤	16	吐	呈	《說文》無。《集韻》曰：「呈，塞也」。
吒	舉咤爵	17	咤	敬	
羿	歐羿鼎蓋	17	羿	✕	彞銘作羿，不容割裂，臨字。《金文編》入〈附錄〉。
起	動武鐘	18	起	✕	偽器銘文。他處未見。
止	亞形尊	19	止	✕	彞銘作止，此字
歸	師歸戈	19	歸	✕	存疑
遘	盂鼎	21	邁	遘	
徒	古鉥文	21	徒		
延	丁未伐商角	21	征	延	
迹	師袁敦	22	速	迹	
衛	舀鼎	22	遷	衛	譚介甫說。見中華三輯頁 72〈西周舀器銘文綜合研究〉。《金文編》入〈附錄〉。（《詁》P1383 3081）
邐	乙亥方鼎	22	還	✕	銘文作邐，《古籀補》誤分爲二字，上半入〈附錄〉，下半置於此。當隸定作邐。

字	器	頁	隸定	楷釋	備註
𦧌	三家敦	22	遣	趙或趡	于省吾《雙選》卷下二頁 10 釋作趙，李孝定先生釋作趡。《金詁・附錄》P1294 3050。
𨒪	𤔽白達敦	23	達	/	存疑
𨖷	師蓮敦蓋	23	逭	蓮	同類引例：𤔽師蓮敦器
逋	析子孫逋敦	23	逋	/	吳式芬方濬益釋逋，但所从與甫字微異，待商。《攈古》一之二、五一。《綴遺》六、一九。
𣥕	靜敦	23	遂	鞖	
𨑮	齊陳曼簠	23	遂	逸	
逡	遂啟諆鼎	23	遂	逐	
逺	古鉢文	24	遠	迲	戰國。《說文》無。迲同去。鉢文多「迲疾」「迲病」。
遅	遽伯還敦	24	遽	/	「从𦣞，右旁不可識。」見《金詁・附錄》P1386 3082。
𨖷	古鉢	25	達	遊	(《鐵雲》)
復	曶鼎	25	復	✕	應摹作復
犀	遲伯鼎	26	㣈	犀	
𢓊	王孫鐘	26	㣈	犀	見《漢語古文字字形表》頁 339。
𢓜	御尊蓋	27	御	/	右旁不可確認，存疑。見《金詁・附錄》P1293 3049。
𤔽	師虎敦	27	御	更	同類引例：𤔽，師龢父敦。
𢔌	毛公鼎	27	建	/	舊釋逮、建，於銘義未安。近人釋律。《金詁・附錄》P1330 3066。
𣥕	克鼎	28	龢	劻	同類引例：𤔽叔氏寶林鐘。𤔽叔向敦。
𣥕	散氏盤	28	龢	龠	
𤔽	毛公鼎	29	嗣	龠冊	
					(以上卷二)
鐪	邵鐘	31	囂	鐪	

字形	出處	頁	字	字	備註
	爵文	31	千	罕	唐蘭隸定作罕,爲禽之本字,是也。見《天壤考釋》頁 58。《金文編》入〈附錄〉(《詁》P847 2382)。
	手執干形鼎文	31	干	離	
	散氏盤	32	苙	芀	同類引例:伯敦。
	靜敦	32	苙	莅	
	古陶器文	35	誓	祈	同類引例:、皆陶文。
	鉨文	35	誓	愆	同類引例:鉨文。 (一)參見「愆言」印。(《鄣》) (二)參見《印舉》。
	盂鼎	35	諫	讕	
	馭方鼎	35	諫	闌	
	鉨文	35	計	信	同類引例:、、、、。皆鉨文
	鉨文	35	計	伃(信)	同類引例:
	毛公鼎	36	諴	緘	
	商方卣	36	繇	兹(系)	
	齊侯壺	36	彗	碁	
	寡子卣蓋	37	諄	詠	
	散氏盤	37	善	鮮	同類引例:、,皆散氏盤《三代釋文》未隸定
	散氏盤	38	竟	眉	《三代釋文》未隸定
	曾伯霖簠	38	業	鐪	羅福頤存疑,見《三代釋文》二〇五一號
	君夫敦	38	對	每	白川靜《金文通釋》第八輯頁 452、四三召尊。《金文編‧附錄》(《詁》P2284 3437 《詁補》P3939 3437)
	己亥鼎	39	奉	揚	
	毛公鼎	39	奉	珥	或寫作珥。

字	出處	頁	釋一	釋二	備註
 （篆文）	空首幣	39	具		《古泉匯》釋鼎，《善齋吉金錄》釋莫，謂即 （篆文）之省，引《路史》：鄭，莫也。
 （篆文）	邵鐘	40	戴	畢	
 （篆文）	散氏盤	40	爨	緩	要之繁文。孫詒讓、《餘論》卷三，頁 53，散氏盤。《金文編》入〈附錄〉。（《詁》P1494 3120）
 （篆文）	吳尊	41	鞞	虢	
 （篆文）	師酉敦	41	釐	絅	
（篆文）	叔夜鼎	42	鬻	鬲	《古文字類編》作鬻。郭氏《金攷》頁 223 至頁 224 作鬲（鬲）。《金文編·附錄》（詁 P1532 3127）
 （篆文）	陳公子甗	42	羹	蒸	《古文字類編》作鬻。郭氏《金攷》頁 224 作蒸。《金文編·附錄》（《詁》P1540 3129）
 （篆文）	距末	43	右		
 （篆文）	又卣	43	又		楊樹達釋次，羅福頤釋又，于省吾釋次。《金詁·附錄》P1556 3132。《詁補》P3871 3132。
 （篆文）	弔敦	45	叔	朱或弔	同類引例： 芮公鬲。伯叔之叔古作朱（弔），後以「叔」字代之。
 （篆文）	中叔尊	45	叔		存疑。見《金詁·附錄》P1076 2510 或釋弔。
（篆文）	卯敦	45	叔	盅	同類引例：  ，井人鐘， 克鼎。
（篆文）	沈兒鐘	45	叔	忝	
（篆文）	鯀惠鼎	46	友	寥	
 （篆文）	師望鼎	47	肅	麥	
 （篆文）	聿見父辛爵	47	聿		《攈古錄》一之二、六七作  ，隸定為虞。
 （篆文）	敃卹鼎	48	敃		字作 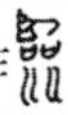 ，臨也。《古籀補》割裂為二。
 （篆文）	玉鉢文	49	將		 「�… 口泹 鉢印。（《符》）。存疑。古鉢借牆、嗇者為將字，如（《集待》）著錄「口宮牆行」印，即《說文》牆字。

陳	俸㫃尊	49	肇	厈	同類引例：㫃旁肇尊。
鼙	彔伯戎敦	49	肇	肇	同類引例：肇、齊陳曼簠。𢼄單伯昇生鐘。𤔲米肇鼎。
甹	杞伯敏父鼎	50	敏	每	同類引例：𡭙聃敦。
𤣥	古鉢文	51	斂		「口鑰」印。(《揭》、《陳》)。存疑。如「公孫斂」印，字作鑰，古上無山形。
𩇕	魯公伐郳鼎	51	敵		器偽，用字亦未聞
奐	毛公鼎	51	毀	罕或罘	同類引例：𥃰靜敦。罘、罕借為毀。于省吾謂毛公鼎下从矢乃誤刻。
𤭯	小子射鼎	51	毀	罘	見于省吾《雙選》卷下一，頁4小子罘鼎。《金文編》入〈附錄〉。(詁P1451 3107)
𢼄	虢叔鐘	51	毀	攴	同類引例：𢼄師望鼎。𢼄兮田盤。𢼄克鼎。
𦙠	師虎敦	52	敦	段(簋)	同類引例：𣪘函皇父敦。𣪘、𣪘侯敦。𣪘、己侯敦。𣪘杞柏敏父敦。𣪘杞伯敏父敦。𣪘伯致敦。𣪘叔𣪘敦。
𦙧	西宮敦	52	敦	段	
𦙠	𣪘白達敦	52	敦	段(簋)	
庸	虢季子白盤	54	庸	甾	同類引例：甾、毛公鼎。
庸	召伯虎敦	54	庸	祇	同類引例：庸，石鼓。
爾	晉公盦	54	爾		《三代釋文》四三八八存疑。或作康。
					(以上卷三)
𤴓	遽伯𡨋敦	55	𡨋	還	
相	相作父丁瓠	55	相	省	同類引例：𣏟、盂鼎。𣏟且子鼎。𣏟公違鼎。
睸	睸乙罍	56	睸		疑眉字。見《金詁·附錄》P990 2460。《詁補》P3828 2460

〔篆〕	齊侯鎛	56	魯	盧	
〔篆〕	古鉢	57	翌	翁	「右□□□翁鉢」（《陳》、《鐵》）
〔篆〕	歸夆敦	59	苜	眉	
〔篆〕	鳳尊	59	鳳	佣	同類引例：〔篆〕，多父敦。鈤、豐姞敦
〔篆〕	遽伯還敦	60	鳳	朋	同類引例：〔篆〕且子鼎。多用爲賞貝計數詞。
〔篆〕	烏邑幣	60	烏	✕	同類引例：〔篆〕、〔篆〕皆烏邑幣。按〔篆〕字从烏从邑，作鄔。見《漢語古文字字形表》頁249。
〔篆〕	毛公鼎	61	惠	重	同類引例：〔篆〕尹叔敦。重孳乳爲惠。
〔篆〕	壽敦	61	惠		同類引例：〔篆〕亦壽敦。《金文編》入〈附錄〉，暫作〔篆〕。
〔篆〕	古玉鉢	61	惠		「鄘〔篆〕泹〔篆〕鉢」印。（《符》）
〔篆〕	伯雖父敦	62	舒	歖	同類引例：〔篆〕、梌鼎。〔篆〕王孫鐘。
〔篆〕	梁當鋝幣	62	爰	寽	同類引例：〔篆〕梁當鋝幣。孳乳爲鋝。《尚書·呂刑》之鍰當爲鋝。
〔篆〕	耶膚盤	63	臚	盧	盧同鑪（《漢語古文字字形表》頁489）
〔篆〕	宰㮰角	65	角	狃	狃、昱同字
〔篆〕	魯侯角	65	角		存疑。見《金詁·附錄》P2565 3583。或釋亯（臨）。
					（以上卷四）
〔篆〕	鄭義姜父簋	68	簋	盨	同類引例：〔篆〕項彔簋。〔篆〕、史克簋。〔篆〕仲義父簋。
〔篆〕	叔姞簋	68	簋	盨	
〔篆〕	鄭邢叔簋	68	簋	盨	
〔篆〕	〔篆〕叔簋	68	簋	盨	同類引例：〔篆〕叔班簋。〔篆〕立簋。〔篆〕易叔簋
〔篆〕	尹氏簠	68	簠	匡	

字形	器名	頁碼	字頭	釋	說明
示古	伯其父簠	68	簠	祐	假祐爲簠
枈	寡子卣	68	策		存疑。見《金詁·附錄》P1698 3193。
紅	鄌惠鼎	70	工	釭	古佚文也。見《金詁·附錄》P1702 3196。
獻	古陶器	70	猒		見於《鐵》110·2 潘。《陶文編》收入待問篇。
乃	盂鼎	71	乃	乒	同類引例：𩰭嗣土敦。𩰭邾公鐘。
迺	盂鼎	71	乃	迺	金文「迺」，經典多假「乃」爲之。
市	陳猷釜	72	平	帀	方濬益釋師。「左關市」即「左關師」。見《金詁·附錄》P2492 3537
坪	平安君鼎	72	平	坪	借爲平
嘉	嘉母卣	73	嘉	勐	見《三代釋文》二五九八号。容庚以爲𡄹一字，《金文編》入〈附錄〉。李孝定先生作燗字。（詁 P2675 3640）。
豈	邾公望鐘	74	豈	✗	銘文作𧮫，喜字。
虑	頌鼎	74	虑		同類引例：𩰭、𩰭皆頌敦文。《金詁·附錄》P1723 3206。或隸定作𩰭。
盧	北征葡	75	盧		
虐	卯敦	75	虐	取	《金文編》釋孚。敦氏釋取，郭是。
虢	伯晨鼎	75	虢		存疑。見《三代釋文》九三八号。
盦	晉公盦	76	盦	盎	盦，《說文》無。亦作甋。盦字見於侯馬盟書作盦，戰國印作盦。
盙	易𢼸𢑑𩰭𩰭止鉢	76	盦	皿	見於（《集》、《歷》）。
盥	中子化盤	77	盬	✗	《古籀補》，《攈古》作盥，《三代》，《金文編》作盥，容庚隸定作盤，入朕字下。
壺	杞伯敏父盂	77	盂	壺	
丹	袁盤	77	丹	凡	袁盤銘無口字，或散盤之誤。
井	盂鼎	78	荊	井	孳乳爲刑、邢。
函	㲃卣	78	㲃	函	郭氏釋函，謂盾之象形。《金攷》頁198至199（《金文編》入〈附錄〉）。（詁 P272 2342）

囟	七豐父癸卣	78	豐	×	囟爲一字，刀俎象形文。郭氏疑宰之異文。見《粹攷》頁 158。《金文編》入〈附錄〉（註 P554 2220），或釋俎。
醬	魯侯作鬱豐角	79	鬱	爵	見郭氏《青研》頁 99，又《兩攷》頁 195。《金文編》入〈附錄〉。（註 P1763 3225）
慮	邵鐘	79	爵	虞	
饋	邵王鼎	79	餞	饋（訊）	同類引例：親、黐東鼎。
妭	岠中簠	80	娔		存疑。吳式芬釋娔。
卿	靜敦	80	饗	卿	
翩	鉢文	80	翩		
害	師舍敦	81	舍	害	同類引例：唐師舍敦。害、害舍叔敦。害古鉢文
罺	小子射鼎	81	射	罺	見于省吾《雙選》卷下・一，頁 4，小子罺鼎。《金文編》入〈附錄〉。（註 P1451 3107）
床	侯生鼎	82	侯	床	見《金詁・附錄》P1754 3219。
亭	空首幣	82	亭	亳	亳字空首布
亶	拍盤	83	亯	亶（享）	
牆	散氏盤	84	嗇	牆	
穡	師袁敦	84	牆	穡	同類引例：穡、師袁敦
侄	伯致敦	84	致	侄	
載	師奎父鼎	84	韋	載	同類引例：載、趲尊。載、口卣
必	袁盤	85	韠	必	袁盤銘：「戈琱戚縣必彤沙」，假必爲柲，非假爲韠。
冐	毛公鼎	85	覉	冐	同類引例：冐录伯戎敦，冐伯晨鼎
瓹	伯晨鼎	85	韓	瓹	《金文編》入〈附錄〉。（註 P2376 3475）
觴	韓仲侈壺	85	韓	觴	觴從爵，不從角。《汗簡》入部寫作 傷。

	韓八化幣	85	韓		同類引例：、韓八化幣。字未能識。
					（以上卷五）
	散氏盤	87	杜		劉心源卷八，頁 25 釋楮。《三代釋文》存疑。《金文編》入〈附錄〉。（詁 p1794 3242）
	作父乙鬲	87	榙	榙	
	北征蒿葡	89	稾		
	子禾子釜	90	榦	桿	
	多父盤	90	槃	般	見《漢語古文字字形表》頁 342。
	古鉢文	91	柸	柜	「柜易都左司馬」印（《萬》、《雙》、《故》）《古文字類編》作柸。
	貞敦	91	梁	荊	
	梁邑幣	91	梁		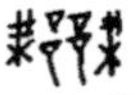，鄴字，非梁邑也。（《東亞》四，鄴布）
	且日庚乃孫敦	92	枼	世	枼與世通
	古鉢文	92	樬	楬	「肖楬」印。（《魯》、《陳》）。羅福頤曰：《汗簡》朅字作，所以曷字與璽文近似。
	商方鼎	94	師	餗	
	小子師敦	94	師	嗣	《三代釋文》存疑
	齊侯鎛	94	生	性	生、性皆可假爲「姓」字。
	毛公鼎	94	華	䔢	同類引例：、吳尊蓋。彔伯戎敦。
	雝伯彝	95	圖	啚	
	師寰敦	96	員	員	
	散氏盤	96	貸	賊	
	古鉢文	96	賢	賢	「肖賢」印。（《昔》、《衡》）

𣪊	庀陽矛	96	責		
𧴫	居後彝	97	責	𧴪	
責	兮白盤	97	寶	責	同類引例：寶亦兮白盤
寶	頌鼎	97	寶	貯	同類引例：貴、頌敦
質	曶鼎	98	質		同類引例：𧴩、𧴩皆曶鼎文。存疑。見《金詁・附錄》P2479 3528
都	齊侯壺	99	都	郜	
郘	邰季尊	100	郘	嬴	
鼃	鼃君簠	100	鼃	樊	
示	空首幣	100	祁	示	祁字方足布與示字空首布皆見著錄。《善齋吉金錄》曰：示即祁之初文，从邑者，後人所加也，春秋時爲晉地，見《左傳・襄公二十一年》。
丹	甘丹幣	101	鄲	丹	邯鄲二字簡省作甘丹。同音字相借耳。
鄰	王伐鄰侯敦	101	鄰	薺	見《金文詁林・附錄》P1831 3252。
鄂	古鉢文	101	鄂		「口門枋」印。(《故》、《萬》)。
邧	古鉢文	103	邧		「邧去疾」印。字作邧（《磊》）可參較。
鄷	古鉢文	105	鄷	鄷	「□都□鄷」印（《魯》、《陳》）
鄗	古鉢文	105	鄗		「易鄗邑□□昷之鉢」。(《集》、《歷》)
鄃	古鉢文	105	鄃	鄃	「鄃冏」印。(《揭》、《陳》)
鄭	古鉢文	105	鄭		「鄭蒼」印。(《微》)
郭	古鉢文	105	郭	郭	「郭足」「郭笭」二印。(《古》、《碧》、《故》)(《陳》《彙》)
邗	古鉢文	106	祁	邯	「邯□」印。(《待》)
鄔	古鉢文	106	鄔		
鄙	古鉢文	106	鄙		存疑「鄙口」印。(《揭》)

𧩙	古鉢文	106	酇		存疑，「口襄君」印。（《碧》）
					（以上卷六）
𨛬	頌敦	109	昭	邵	同類引例：𨛬、太師虘豆。邵、昭通用
𣎵	師酉敦	110	絫	絧	
𣌧	日癸敦	112	朔	薜	
𣌧	古鉢文	112	朔		
𣇃	十月敦	112	期	其	同類引例：𣇃王孫鐘
𧩙	王子吳鼎	112	期	諆	
𧇨	格伯敦	113	盟	霝	同類引例：𧇨格伯敦 劉心源釋霝，見《奇觚》卷十六、頁 37。《金詁‧附錄》P1735 3210足成之。
𤔲	文父丁鼎	115	鼎	餗（鬺）	同類引例：𤔲木王鼎。𤔲母辛鼎。見孫詒讓《餘論》卷二頁 1。《金文編》入〈附錄〉。（詁 P2161 3182）（《詁補》P3931d 3382）
𤔲	且子鼎	115	鼎	齋	齋，蠤用。
𤔲	杞柏鼎	115	鼎	貞	同類引例：𤔲夊鼎。𤔲夜君鼎。𤔲郑伯御戎鼎𤔲興鼎。貞、鼎古通用。
𤔲	師趛鼎	115	鼎	鬺	《說文》所無《玉篇》：大鼎也。
𤔲	函皇父敦	115	鼎	具	鼎、具同。
𧵦	陳侯因𣉻敦	115	鬻	祭	
𢍏	盂鼎	116	克		存疑。見《金詁‧附錄》p1906 3278《詁補》p3909 3278。或釋勉或釋剋。
𧯲	史克簋	116	克	夔	方濬益《綴遺》卷九、頁 4。劉心源《奇觚卷》十七頁 29。《金文編》入〈附錄〉。（詁 p2132 3370）
𢼸	散氏盤	116	克	斁	《金文編》作斁，《古璽文編》頁31 從之。《古文字類編》釋斁，云：「《說文》所無，《集韵》，斁，古文攘字」徐灝以爲斁乃古襄字。

字形	器名	頁	隸定	釋文	備註
㐱	岠中簠	116	秫	术	參見《攈古》三之一、三三《釋术》。《三代》及《金文編》未收此器。
穗	穗敦	117	穗		同類引例：穗穗尊 存疑。見《金詁·附錄》p817 2367。
程	古鉢文	117	程		
家	克鼎	118	家		克鼎銘文無此字。
家	毛公鼎	118	家	國	
卿	師虎敦	119	向	鄉	同類引例：卿吳尊。卿伊敦 卿、鄉、饗一字，可借為嚮。
宴	齊侯壺	120	宴	婁	劉心源《奇觚》卷18。頁19。高田忠周《古籀篇》七二頁26。《金文編》入〈附錄〉（詁 p1962 3303）
富	古鉢文	120	富	福	「大福」印。（《尊》）
寶	邛君婦壺	121	寶	匋	假匋為寶。
宿	叔宿敦	122	宿		存疑。《金詁·附錄》P1970 3306。或隸定作宿。
寓	子寓鼎	122	寓	遇	遆，遇同。
窶	古陶器文	124	窶		疑懂，《陶香》十三。
宄	宄甗	124	宄		疑宄。楊樹達《積微》頁89 宄甗跋。《金文編》入〈附錄〉。（詁 P1915 3281）
瘳	古鉢文	124	瘳		「郵瘳」印（《揭》、《陳》）
瀍	盂鼎	124	廢	瀍	同類引例：瀍師酉敦 「瀍保先王」，「勿瀍廢朕令」
瀍	伯晨鼎	124	廢	瀍	銘曰：「勿瀍廢朕命」。
痬	齊侯匜	125	癘	瘠或疧	《漢語古文字字形表》釋瘠，與容庚同；《古文字類編》釋疧，與郭氏同。
疢	古陶器文	126	疢		（見於《潘》）
疕	古玉鉢文	126	疕	疕	《說文》所無。「事疕」印。（《陳》）
瘞	古鉢文	126	瘞		「瘞鼎」印。（《花》）
痒	古鉢文	127	瘃	瘃	「口瘃」印。（《尊》、《集》）
疒	古鉢文	127	疛	疹	

字形	出處	頁	字	釋	備註
疻	古鉢文	128	疻	疕	「恢疕」印（《集》《彙》《故》）
癢	古鉢文	128	瘖	/	「邘瘖」印（《鄴》）。
痀	古鉢文	128	痀	痀	「狋求去痀」印（《徐》《故》）
痓	古鉢文	129	痓	症	「蓉症」印。（《尊》）
癢	古鉢文	129	癢	/	「阼癢」印。（《揭》）
癏	古鉢文	129	癏	疲（疲）	「王疲」印。（《衡》《集》《故》）
痤	古鉢文	129	瘞	瘚	「瘚崩」印。（《古》《彙》《故》）
吃	舉侘爵	129	㲋	敬	《三代釋文》四。七九號存疑。
諫	兮伯盤	130	帥	餗	羅振玉曰後世假「次」字為之。
菕	師奎父鼎	130	帶	㡀	同類引例：頌鼎、頌壺、頌敦蓋、頌敦器、頌敦。
菕	鄭伯叔帶鬲	130	帶	嫦	《三代釋文》存疑。（一〇七八號）。
帛	師奎父鼎	130	常	屯	同類引例：頌鼎、頌敦、頌敦、頌壺。
帛	石鼓文	131	白	帛	
峃	古鉢文	131	崀	/	「右選文信鉢」印。（《萬》、《陳》、《故》）
峃	崀戈	131	崀	/	
					（以上卷七）
壽	師穌父敦蓋文	134	傅	輔	
俾	史頌敦	135	俾	塓	
侈	韓仲侈壺	136	侈	多	
伐	丁未伐商角	136	伐	叺	同類引例：畢仲敦 叺訓擊，乃伐之文。
俘	虢季子白盤	136	俘	職	
咎	咎作父癸卣	136	咎	僭	
儨	齊侯甗	136	咎	瘖	

字形	出處	頁	字	字	備註
	僕兒鐘	136	咨	/	存疑，見《三代釋文》八九號。或釋路。
	邵鐘	137	慭		存疑，或釋囷。
	周憲鼎	137	眾	眉	《三代釋文》存疑
	伐鄅彝	138	殷	啟	（見《金詁‧附錄》p1607 3153）
	散氏盤	139	襄	襄	同類引例：𩈙、𩇫皆散氏盤文
	襄垣幣	139	襄	數	古攘字，見《集韵》。 戰國布貨（《東亞》）。
	散氏盤	139	表	奉	同類引例：𡙁、𡙁、𡙁皆散氏盤文
	衰作父癸鼎	140	衰	冉	
	呂伯孫敦	141	考	✕	器僞，字與簧叔之仲子平鐘作𡥞略近。
	豐兮敦	142	孝	考	同類引例：𡥞豐兮敦、𡥞遟簋。
	陳侯因𦤲敦	142	屖	敉	
	兪八化幣	143	兪	✕	乃榆鄉二字省形而又合文，說已見前。
	父辛觶	143	餘	兪	
	師酉敦	144	允	/	阮元《積古》卷六、頁25釋瑪，《三代釋文》從之。今未有定說，見《金詁‧附錄》p1707 3197。
	毛公鼎	144	弁	斧	
	頌鼎	145	覲	董	同類引例：𦻏、齊侯壺、𦻏、齊陳曼簠。董孳乳爲瑾、覲、勤……。
	師袁敦	145	欺	謀	
	虢叔鐘	145	歆		釋飲，於文義可通，謂飲御於天子，然金文自有飲字，此字存疑，見方濬益《綴遺》卷一二，頁3（《金詁補‧附錄》p3988 3642L）
					（以上卷八）
	毛公鼎	147	顚	憂	

	師虎敦	148	顯	㒸	
	追敦	148	顯	䁂	同類引例：史頌敦
	𢑴季子白盤	148	顯	䁂	同類引例：克鼎
	彥鼎	149	彥	彥	
	乙亥方鼎	151	令	光	同類引例：辛子敦。 《金文編》入〈附錄〉。（詁 p2072 3349）
	太保敦	151	令	茍	
	毛公鼎	151	厄	㔾	同類引例：彔伯戎敦
	師虎敦	152	敬	茍	
	司寇矛	153	𢍏		
	伯要敦	153	府	俯	同類引例：伯要敦。
	諆田鼎	153	廏	僕	
	獻鐘	154	龐	蔡	同類引例：、尨姞敦。尨姬敦。 此字家刊本歸入〈附錄〉。
	毛公鼎	155	肆	𨽸	見於家刊本〈補遺〉，乙未本無。
	王孫鐘	155	易	𣃔	
	父乙觚	155	豕		銘文作，豢字。
	䋣王盉	156	䋣	䜌	同類引例：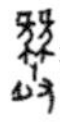靜敦。
	中䋣卣	156	䋣	䜌	
	項䋣簋	156	䋣	䜌	
	毚邑幣	156	毚		同類引例：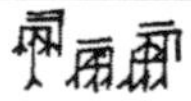。 按：一字，毚也。（《東亞》四）
	周貉簋	156	貉	雒	
					（以上卷九）
	姑馮句鑃	158	馮		存疑。見《金詁・附錄》p2655 3629。

〔字形〕	師寰敦	158	驅	毆	同類引例：〔字〕師寰敦。〔字〕石鼓 義與驅同。
〔字形〕	大鼎	158	鎷		應摹作〔字〕，右非从馬。見《金詁・附錄》p1653 3173。或隸定作誰。
〔字形〕	大鼎	159	鷗	鷗	
〔字形〕	石鼓	159	驎	驣	
〔字形〕	陳麗戈	160	麗		《說文》古文麗字作〔字〕。
〔字形〕	〔字形〕中〔字形〕白	160	狂	瑝	見龍字純先生〈甲骨金文〔字〕字及其相關的問題〉（集刊）三四本，頁422至423）《金文編》入〈附錄〉。（詁 p2195 3396）
〔字形〕	虢叔鐘	161	熊	彙	見郭氏《兩攷》頁53。彙，讀若薄。
〔字形〕	庚罷卣	161	罷	贏	
〔字形〕	伯寰尊	161	貪		同類引例：〔字〕伯寰尊。見《金詁・附錄》p1882 3267。
〔字形〕	然虎敦	161	然	滕	
〔字形〕	鄭惠鼎	161	燔		存疑。見《三代釋文》九三五號。
〔字形〕	盂鼎	162	烝	羍	
〔字形〕	陳侯因育敦	162	烝	羍	
〔字形〕	姬鬲鼎	162	烝	登	
〔字形〕	師寰敦	162	威		同類引例：〔字〕師寰敦。《三代釋文》作威。趙法高先生作威或戈。《金文編》入〈附錄〉。（詁 p2149 3376）
〔字形〕	邵鐘	162	〔字〕	黸	見《三代釋文》九三號。
〔字形〕	古陶器	163	夸	卒	參見《周》12・2《鐵》10・2 107・4 《善》499 504《溥》152
〔字形〕	玉鉢文	165	罜		古鉢罜字作〔字〕。如「□罜之」印。（《集》）
〔字形〕	螯作祖辛爵	165	螯		
〔字形〕	公姐敦	165	奢	奢	《說文》所無。

果	石鼓	166	昇	吳	石鼓田車。《說文》無。《玉篇》：昇，日光也。
萘	觚文	166	奚	✕	僞器銘文。
思	古陶器	167	思	✕	見於《鐵》21·4、《雲》2·8。
思	古鉢文	167	思	✕	
芯	古鉢文	167	志	✕	同類引例：芯古鉢文。
馬	愛尊	168	夔	旡	旡之繁文，古或假爲愛字，愛乃後起形聲專字，見《金詁·附錄》p2211 3005。
貳	毛公鼎	169	弍	賦	
戭	散氏盤	169	弍	賊	
意	伯惷盉	169	惷	春	
惢	古陶器	170	想	愁	同類引例：惢古陶器文。《畚錄》十三，《古文字類編》頁152。《說文》無。《集韵》：愁同憨。
越	古陶器	170	慈	怗	《畚錄》十三，《古文字類編》頁150。
卨	古陶器文	170	卨	惷	《畚錄》十一。《古文字類編》頁156。
厱	古陶器	171	感	感	《畚錄》十二。《古文字類編》頁155。
學	古陶器文	171	罬	懌	《畚錄》十三。《古文字類編》頁159。《說文新附》。
咢	距末	171	愕	咢	忬之異文。見高田忠周《古籀篇》四四頁16。《金文編》入〈附錄〉。（詁 p2209 3403）
					（以上卷十）
眼	露字幣	147	潞	雺	同類引例：雨雺 雺布（《東亞》四）
卉	濟陰圜幣	175	濟	畢	畢陰錢（《東亞》六）
涌	石鼓	175	涌	滂	應摹作涌。

𦱸	卲敦	175	淑	盇	
𣄰	齊侯匜	176	清	瀞	
洭	古玉鉢文	177	渠	洰	「鄿□洰□鉢」印。(《符》)《集韻》：水中物粿曰洰。
𣲙	古鉢文	177	渠	╱	所从巿似非木字。
𣲍	魯伯俞父匜	177	沫	顯	《說文》沫，古文作𩠐，與顯同字。
𣲗	古鉢文	178	澫	╱	
𣲚	散氏盤	178	湆	㳕	同類引例：𣲚散氏盤
𣲈	者汙鐘	178	汙	沪	
𣲙	遟𣪘	178	澳	㳍	同類引例：𣲙孟澳鼎
𣲸	古鉢文	179	淸	清	「□陰都清左」印。(《鐵》、《故》)長沙楚帛書青作𣱳，是以知此爲清字。
𣲵	古鉢文	179	淸		
𣲶	古鉢文	179	澹		
𣲷	袁盤	179	洲	╱	《金文編》入〈附錄〉（詁 p2222 3410）或釋減。
𣲩	古陶器文	180	汩		同類引例：𣲩古陶器文
𣲇	散氏盤	181	原	源	《金文編》入〈附錄〉。（詁 p2216 3408）
𧰼	郵子妝簠	182	永	羕	
𣲄	諆田鼎	183	雪	㵳	
𩅞	格伯敦	183	零	霝	
𩂈	聿扇壺	183	扇		
𩅷	露字幣	183	露	𩂖	𩂖布（《東亞》四）。
𩵿	石鼓	185	鱮	鮠	此字摹寫未精，應作𩵅。
𨒡	匽侯盉	185	燕	匽	同類引例：𨒡匽侯鼎，𨒡匽侯旨鼎。

鞣	石鼓	186	韓	翰	
					（以上卷十一）
到	智鼎	188	到	侄	同類引例，丮歸夆敦。
智	師酉敦	189	酌	/	孫詒讓釋牆。見《名原》上頁22。又《餘論》卷三頁27至28師酉敦。《金文編》入〈附錄〉。（詁 p2265 3425）
肼	聃敦	189	聃	朕	
假	大鼎	191	揚	✕	應摹作㣇。
碍	揚鼎	191	揚	猲	
拍	拍盤	192	拮	拍	《說文》所無。
脊	古陶器	192	脊		
鼌	多父盤	194	婚	✕	愙齋此器偽作，眞器摹作㚴。
妻	揚鼎	194	妻	齎	
𠂆	亞形妣尊	195	妣	✕	應摹作匕，此也。
𠃌	王作妣𦦵彝	195	妣	又	
嫐	宗婦敦	196	嫂	嫛	
徫	克簋	196	媾	遘	同類引例：復歸夆敦。遘借爲媾。
𤔛	公姒敦	196	始	姁	《說文》所無。似姁始三字本一字。
𥻦	杞伯敏父鼎	196	姝	嫨	同類引例：𥻦、𥻦杞伯敏父敦蓋。𥻦、𥻦杞伯敏父敦器。𥻦杞伯敏父壺。𥻦邾魯父鬲
𥻩	㜣王盉	197	婭		見《金詁・附錄》p2296 3441。或釋作娪。
𥻦	多父盤	198	姝	嬃	此器《清表》定爲疑。此字應摹作𥻦。
蕘	動武鍾	200	戎	✕	偽器文。
𢧵	魯公伐邾鼎	200	戰	✕	偽器文

	靜敦	200	戲		靜敦銘無此字
	𢦒尊	201	𢦒	㦳	同類引例：𢦒卣。
	古鈢	201	戢	㦸	「㦸」印（《虹》）羅福頤曰：與畬肯盤㦸字形近。」《古文字類編》㦸下之「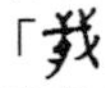」，羅福頤釋作「歲」。引長沙楚帛書及鄂君啓節爲說。
	古鈢文	201	戢		
	觶文	201	戚		見《金詁・附錄》p2336 3457。
	陳子禾子釜	202	戚	戚	《金文編・附錄》摹作。（詁 p2338 3458）
	瑟仲狂卣	203	瑟	𩏄	
	師望鼎	203	望	朢	
	鐘	203	橆	無	無孳乳爲橆。
	伯庶父匜	203	匜		器未詳，字形亦僅見。
	右攷里銅㽃	205	㽃	鋈	
	陳猷釜	206	發	䑏	方濬益《綴遺》卷二八頁 17。
	子孫父癸卣	207	孫	黽	唐蘭〈從河南鄭州出土的商代前期青銅器談起〉，見《文物》1973 年七期頁 6，又于省吾〈釋黽、鼀〉，見《古文字研究》第七輯（詁 p81 2006）
	𦥑子孫父丁卣	207	孫		同類引例：𦥑子孫父丁敦。按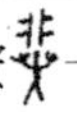一字，不可割裂。
					（以上卷十二）
	古陶器	209	緒	紵	《舂錄》十三、一。《古文字類編》頁 240。《說文》紵字別體作。
	古陶器	209	紝		
	毛公鼎	210	纘	緟	同類引例：公鼎。叔向父敦。
	陳侯因資敦	210	纘		容庚《金文編》釋緟。敦氏釋練。羅福頤釋縛。

豐	盂鼎	210	紹	招	假借爲詔。
絕	格伯敦	210	約	絕	劉心源《奇觚》卷十六、頁37。周名煇《古籀考》卷上頁19至20。《金文編》入〈附錄〉。(詁 p1683 3188)
綈	古陶器	211	綈		
縞	鄦惠鼎	211	縞	絹	同類引例:鬥袁盤 唐蘭《文字記》頁24。讀爲紺。《金文編》入〈附錄〉(詁 p2363 3471)
縱	古鉢文	212	縱	紗	「宋徙」印(《花》)。
緪	克鼎	212	緪	/	郭氏《兩攷》122頁釋作緪,國族名。《金文編》入〈附錄〉。(詁 p2361 3470)
彞	中義彞	214	彞	緺	同類引列:鬶居後彞、鬲十月彞《說文》所無,器名。十月彞《攈古》摹作鬲。
緪	古鉢文	215	緪		所从朩非木字。
率	師袁敦	215	率	達	
虺	罍甒	215	虺	雷	
龜	曶鼎	216	龜	束	
封	封作父乙觶	218	封	/	存疑。見《金詁·附錄》p2468 3520
增	增鼎	219	增	甑	
坏	馭方鼎	219	坏	✕	應摹作坏,拓本作坏,是以誤摹。
野	司寇矛	220	野	郵	見《三代釋文》。
田	兮田盤	220	田	甲	
畯	克鼎	221	畯	畎	《三代釋文》作畎。
留	古陶殘器	221	留	/	留鐘字作田,空首布字作田。
畺	勳武鐘	221	畺	✕	僞器文
助	鄁公簠	222	助	且	同類引例:鬥師虎敦
勳	勳武鍾	222	勳	✕	僞器文。
					(以上卷十三)

字形	器名	頁	釋一	釋二	備註
（字形）	齊太僕歸父盤	225	鑄		
（字形）	曾伯霖簠	225	錯	鑪	同類引例：（字形）曾伯霖簠。（字形）邵鐘、（字形）邾公華鐘。按：摹寫稍有偏差。
（字形）	邾公望鐘	225	錯	膚	膚、鑪同。銘文：「玄鏐膚呂」，膚呂即鑪鑪。
（字形）	毛公鼎	225	錯	遣	經典通作錯。
（字形）	邾公牼鐘	225	錯	膚	
（字形）	邵鐘	225	鑪	鋁（呂）	
（字形）	散氏盤	226	鈝	爰	
（字形）	王伐郱侯敦	226	鈝	守	同類引例：（字形）召鼎、（字形）、（字形）梁充釿（字形）尚守幣。
（字形）	姑馮句鑃	228	鐃	鑃	同類引例：（字形）其（字形）句鑃。
（字形）	左關之鋘	228	鋘	盉	
（字形）	毛公鼎	228	鈺		王國維、羅福頤亦以爲鈺。劉心源《奇觚》卷二、四九釋玲，張之綱、董彥堂先生、郭沫若从之。《金文編》入〈附錄〉（詁 p1197 3007）
（字形）	師虎敦	228	居	庭	同類引例：（字形）召鼎、（字形）季娟鼎。
（字形）	祖侯鎛	229	且	祖	
（字形）	且辛父庚鼎	229	昕		（字形）一字，釋舲。《金文編》入〈附錄〉（詁 p746 2321）
（字形）	立戈父丁卣	230	車		應摹作（字形），不宜割裂。
（字形）	父乙尊	230	車		（字形）一字，釋旅。
（字形）	咎作父癸卣	230	車		應摹作（字形），旅也。
（字形）	孔作父癸鼎	230	車		（字形）一字，釋旅。
（字形）	師虎敦	231	載	戴	戴、戴同。經典通作載。《詩》：「載馳戴驅」，載爲發聲詞。
（字形）	古陶器文	233	陽	圖	參見《古陶文香錄》九、二。
（字形）	高陽三劍	233	陽		僞器文
（字形）	高陽左戈	233	陽		與郘公簠（字形）字，郘公盂（字形）略近。疑暘字。
（字形）	古鉢文	233	陽		可疑。

字形	出處	頁	字	字	備註
[字形]	蒲阪一釿幣	235	阪	反	同類引例：□亦蒲阪一釿幣文。《東亞》上四。
[字形]	史頌敦	235	陣	塲	
[字形]	仲五父敦蓋	235	五	网	
[字形]	丁子尊	235	五	彤	
[字形]	□尊	235	五	✕	□一字，不宜割裂。《金文編·附錄》（詁 p856 2385）
[字形]	尖首刀	236	七		
[字形]	尖首刀	236	七		
[字形]	齊刀范	236	七		
[字形]	嚚文	237	萬	蠤	
[字形]	魚父丁觶	238	丙	✕	《金文編》入〈附錄〉（詁 p702 2313）或釋丙，或釋鬲。
[字形]	者汈鐘	239	戉	戉	孳乳爲越。銘曰：「隹戉十有九年。」
[字形]	呂伯孫敦	239	成		
[字形]	□且庚爵	240	庚	戊	
[字形]	子壬乙辛爵	240	辛	酉	
[字形]	父乙子豕觚	242	子	✕	□一字，釋豕。
[字形]	子執旂且子卣	242	子	✕	□一字，人持旂形。
[字形]	子孫角	242	子	天	□合爲一徽幟，釋天黽，見《文物》1937 年七期頁 6，唐蘭說。又于省吾釋黽，天黽，見《古文字研究》第七輯。（《金詁·附錄》p61 2005）
[字形]	子孫父己卣	242	子		李孝定先生以爲像人首戴面具之形。周法高先生釋顙魌。見《金詁·附錄》p159 2048。
[字形]	陳逆簠	244	寅		
[字形]	楚公鐘	245	巳	申	僞器文
[字形]	子申且乙爵	246	申	✕	□一字。存疑。《金文編》入〈附錄〉。（詁 p214 2080）或隸定作黿。
[字形]	申卣	246	申	爰	《金文編》入〈附錄〉。（詁 p1002 2468）

字形	出處	頁碼			備註
𒀭	宁昌爵	246	酒	✕	僞器文
彤	戊寅父丁鼎	247	酊	彭	
𤔲	邵鐘	247	醻	壽	
釀	孟鼎	247	醸	醼	
醼	盂鼎	247	酌（配）	醶	
					（以上卷十四）

表二、附錄（A）憨齋疑其所不當疑者：

字形	出　　　　　處	古籀補頁　碼	今人隸定	備　　　　　　　　　　　　註
𦎡	毛公鼎	253	趲	吳書云：「疑趲字之省文。」
厝	毛公鼎	253	厝	吳書云：「厝，毛公名。」
𤔲	毛公鼎	254	勞	同類引例：𤔲彔伯戎敦。吳書云：「疑勞字古文」參唐蘭何尊銘文解釋「有𤔲勞丏天」《文物》1976 年一期頁 63（《金詁·附錄》3108 號）
𤰔	毛公鼎	254	鬲	吳書云：「徐同柏釋作鬲。」
矢	散氏盤	255	矢	吳書云：「楊沂孫釋爲矢。」
𢼸	散氏盤	256	敳	吳書云：「疑古散字。」
虎	散氏盤	256	虎	吳書云：「疑虎字之異文。」
丂	散氏盤	257	丂	吳書云：「疑古丂字。」
𩢲	散氏盤	257	駴	吳書云：「阮相國釋駴。」
𢼸	散氏盤	258	㚢	吳書云：「㚢字，《說文》所無。」同類引例：𢼸㚢作觶。
从	散氏盤	258	從	吳書云：「疑從字之異文。」
𠯑	散氏盤	258	同	吳書云：「疑同字之異文。」
𦟤	丼人鐘	259	聖	吳書云：「疑聖字之異文。」
𩖕	齊侯鎛	261	蹐	吳書云：「疑古蹐字。」
𪎭	邵鐘	262	龢	吳書云：「王懿榮釋作龢。」

𗭼	鐸文	262	受	吳書云：「疑古受字，中象舟形。」同類引例：「𗭼母癸鼎、𗭼、𗭼父己卣蓋器異文。
𗭼	諆田鼎	264	農	吳書云：「从田从辰，疑農字古文。」
𗭼	鄅惠鼎	264	側	吳書云：「疑古側字。」
𗭼	訇脒鼎	267	眉	吳書云：「疑古訇字。」
𗭼	訇脒鼎	267	脒	
𗭼	平安君鼎	268	斦	吳書云：「斦，《說文》所無。」
𗭼	趞亥鼎	269	趞	吳書云：「趞字，《說文》所無。」
𗭼	靜敦	271	鎬	吳書云：「武王所都在長安西上林宛中，字亦如此、豐多豐草、鎬多林木，故从舛从余，它邑不得稱京，其為鎬京無疑。
𗭼	㿟父乙敦	276	文	《愙齋》八冊 3 頁曰：「疑文之變體。」
𗭼	𗭼侯作王姞敦	276	鄂	吳書云：「沈樹鏞釋作鄂。」
𗭼	師酉敦	277	秦	吳書云：「疑秦字之異文。」《金文編》入〈附錄〉（詁 p1913 3280）。
𗭼	㝵敦	278	奪	吳書云：「从衣、从佳、从又，疑古奪字。許氏說奪手持雀失之也。此象以手持雀形，覆之以衣。」
𗭼	鄀侯作甖敦	278	艸	吳書云：「从舛、从中，疑即小篆艸字。」
𗭼	周棘生敦	279	棘	吳書云：「疑古棘字。」《金文編》入〈附錄〉。（詁 p1894 3273）
𗭼	周棘生敦	279	䐯	吳書云：「从虍、从月、从木，《說文》無此字。」
𗭼	齊侯壺	279	受	吳書云：「疑受字之異文。」
𗭼	齊侯壺	280	御	吳書云：「疑御字之異文。」
𗭼	𗭼窓君鈢	281	窓	吳書云：「从安从心，即安字之繁文。」劉心源《奇觚》卷十一頁 11 云：「从安从心，漢時俗篆。」《金詁·附錄》p2208 3402。
𗭼	卣文	285	輦	吳書云：「疑古輦字。許氏說：輦，輓車也，从車从㚘、在車前引之，此亦象二人輓車形。」
𗭼	宰㮣角	285	㮣	吳書云：「㮣，《說文》所無。」

	字例	頁碼	隸定	按語
𤲃	婦闌觥	287	闌	按：由器名知吳清卿已隸定無誤。
𤰔	𤰔爵	287	虤	吳書云：「从虎、从耳，《說文》無此字。」
𤰔	癸𤰔爵	287	叟	吳書云：「从四、从攴，《說文》無此字。」
∴∴	∴∴婦鬲	290	齊	吳書云：「疑∴∴之異文。」
七	曾伯霖簠	291	方	同類引例：才曾伯霖簠。 吳書云：「此即七之反文，非方字。」
㝮	魯士㝮父簠	292	㝮	吳書云：「从戶、从孚，《說文》無此字。」
𣄰	日𣄰期簠	292	孝	吳書云：「疑孝字之異文。」
𣄰	父辛敦	293	京	吳書云：「疑京字之異文。」 《金文編》入〈附錄〉。（詁 p577 2231）
𤲃	中盤	294	臣	吳書云：「疑即臣字，或釋良。」
𨑃	昶伯匜	295	昶	吳書云：「疑古昶字。」
𡩁	格仲尊	296	揚	吳書云：「疑揚之異文。」
𦱤	邿𦱤父鬲	296	友	吳書云：「疑𦱤字之異文，古友字也。」
𧮫	日戊尊	297	咏	吳書云：「吳中丞釋作咏。」 林按：《說文》詠，或作咏。
𡥀	茲女盉	297	寶	同類引例：𡥀茲女盤。 吳書云：「疑寶字之異文。」
內	子禾子釜	298	內	吳書云：「疑內字之異文。」
𠚍	子禾子釜	299	區	吳書云：「陳介祺釋作區。」
𤲃	闌作寶伯卣	302	闌	按：由器名知吳清卿已隸定正確。
舍	居後彝	305	舍	吳書云：「疑舍字異文。」
瘞	庀陽矛	307	瘞	吳書云：「疑瘞字省。」
𨧀	𨧀戈	308	密	吳書云：「𨧀戈，陳介祺釋高密。」
異	異敦	309	異	吳書云：「吳中丞釋作異。」
敬	禰祀敦	310	敬	吳書云：「吳中丞釋作敬。」
禰	禰祀敦	310	禰	吳書云：「吳中丞釋作禰。」

字形	出處	古籀補頁碼	今人隸定	備註
	禰杞敦	310	膏	吳書云：「从𠂤、从酉，《說文》無此字。」
	宋公左戈	311	族	吳書云：「陳介祺釋作族。」
	中子化盤	311	正	吳書云：「或釋正，或說反正爲乏。」
	中子化盤	311	栺	吳書云：「从木、从二日，或說从呂，疑即古栺字。」
丰	乙亥敦	312	丰	吳書云：「乙亥敦，玉十丰，象三玉相連之形。二玉曰珏、三玉曰丰。許氏說，玉象三玉之連丨其貫也，知古有三玉一貫者。」

表三、附錄（B）憲齋未能隸定者：

字形	出處	古籀補頁碼	今人隸定	備註
	盂鼎	251	宙（廩）	見孫詒讓《餘論》卷三頁47至48。盂鼎。《金文編》入〈附錄〉。（詁 p1933 3292）
	盂鼎	251		或釋「於」或釋「示」。《金文編》入〈附錄〉。（《詁》p1183 3001）
	盂鼎	251	諫	
	盂鼎	251	靠	
	盂鼎	252	雍	
	盂鼎	252	聞	
	盂鼎	252	燬	見郭氏《兩攷》頁33，大盂鼎。《金文編》入〈附錄〉。（詁 p2186 3392）
	盂鼎	252	鬲	同類引例：鬲鬲叔興父簋。
	盂鼎	252	遞	
	盂鼎	252	割	丁佛言釋割，見《古籀補·附錄》頁。《金文編》〈附錄〉。（《詁》p1951 3299）
	毛公鼎	252	襄	吳式芬之說。《金文編》入〈附錄〉。（《詁》p1277 3043）
	嚣作姚敦	252	嚣	同類引例：嚣嚣作姚卣。
	毛公鼎	252	疾	

	毛公鼎	253	從	
	毛公鼎	253	覺	
	毛公鼎	253	婚	同類引例：（圖）亦毛公鼎文。
	毛公鼎	253	印	同類引例：（圖）曾伯霖簠。
	毛公鼎	253		見《金文編・附錄》。（《詁》p1645 3171）
	毛公鼎	253	身	
	毛公鼎	254	圖	同類引例：（圖）毛公鼎、（圖）叔向父敦。 見《金文編・附錄》。（詁 p1839 3254）（《詁補》p3899 3254）
	毛公鼎	254	敄	
	毛公鼎	254	嚳	見周法高《零釋》頁 51 至 56〈師旂鼎考釋〉。 《金文編》入〈附錄〉。（詁 p1363 3079）
	毛公鼎	254	曶	《金文編・附錄》（詁 p2089 3335）（《詁補》p3928d 3355）
	毛公鼎	254	厀	
	毛公鼎	254	靳	同類引例：（圖）彔伯戎敦、（圖）吳尊蓋。柯昌濟釋 靳。見郭氏《兩攷》63 頁、《金攷》頁 271 至 272。（詁 p2032 3329）
	毛公鼎	255	飆	郭氏《文史》頁 317 至 318 以為此乃攝之初文。 《金文編》入〈附錄〉。（詁 p1544 3131）
	盂鼎	255	肄	
	毛公鼎	255	勅	
	毛公鼎	255	殷	孫詒讓釋殷、高鴻縉《毛公鼎集釋》106 頁中 說極精。《金文編》入〈附錄〉。（詁 p1486 3117）
	毛公鼎	255		見《金文編・附錄》。（《詁》p1269 3041）
	散氏盤	255	堆	
	散氏盤	255	撲	
	散氏盤	256	播	
	散氏盤	256	割	
	散氏盤	256	柝	同類引例：（圖）亦散氏盤、（圖）庚罷卣。

字形	出處	頁碼	釋	說明
𩵋	散氏盤	256	鮮	見《金文編・附錄》。(《詁》p1810 3247)
𥞇	散氏盤	256	棍	
𥝠	散氏盤	256		見《金文編・附錄》。(《詁》p2254 3419)
凡	散氏盤	257	凡	同類引例：凡亦散氏盤文。
𡳯	散氏盤	257		見《金文編・附錄》。(《詁》p2539 3566)
𡄤	散氏盤	257	覃	見郭氏《兩攷》頁 129。 《金文編・附錄》(《詁》p1492 3119)。
𡉫	散氏盤	257	壁	見郭氏《兩攷》頁 129。 《金文編・附錄》(《詁》p2203 3399)。
龠	散氏盤	257	龠	
𣪊	散氏盤	257	嫛	
𦱳	散氏盤	258	䰜	見王國維《觀堂》頁 2038、〈散氏盤考釋〉。《金文編・附錄》(《詁》p1287 3046)
𦋛	散氏盤	258	舜	見高愚忠周《古籀篇》十七頁 18。郭氏《兩攷》頁 130 至 131 矢人盤。《金文編・附錄》。(《詁》p1473 3110)
𧷎	散氏盤	258	農	
𨺚	散氏盤	258	陝	同類引例：陝亦散氏盤文。
𩱖	虢叔鐘	258	薔	同類引例：薔叔氏寶林鐘、薔兮仲鐘、薔叡鐘。
𣪘	楚公鐘	259	薔	同類引例：薔楚公鐘、薔兮仲鐘。
𨤑	楚公鐘	259	錫；錫	見于省吾〈讀金文札記五則〉,《考古》一九六六第二期頁 103 至 104。《金文編・附錄》。(詁 p2407 3491)
𧧸	楚公鐘	259	豪	同類引例，豪楚公鐘，豪楚公鐘。
𡴯	井人鐘	259	妾	
𣪊	井人鐘	259	嚚；虤	同類引例：虤戊寅父丁鼎。見柯昌濟《韡華》頁 314。朱芳圃《釋叢》頁 151 至 152。《金文編・附錄》(《詁》p1418 3094)
𩰋	井人鐘	259		應摹作𩰋，容庚釋𩰋，羅福頤存疑。
𨙩	虡鐘	259	卲	容庚釋卲，羅福頤存疑。
𠂤	己侯鐘	260	虎	

字形	器名	頁	隸定	備註
 字	者汈鐘	260	女	同類引例：字者汈鐘。
 字	者汈鐘	260	/	或隸定作滏，《三代釋文》存疑。
 字	僕兒鐘	260	/	《金文編・附錄》（《詁》p2010 3320）
 字	僕兒鐘	260	达	
 字	沇兒鐘	260	�	
 字	沇兒鐘	260	盧	
 字	齊侯鎛	260	鞄	
 字	齊侯鎛	261	轒	
 字	齊侯鎛	261	箭	
 字	齊侯鎛	261	袅	
 字	齊侯鎛	261	僮	讀爲告。見郭氏《兩攷》頁 207 叔夷鐘。《金文編・附錄》（《詁》p1388 3084）
 字	齊侯鐘	261	厇	
 字	齊侯鐘	261	宰	同類引例：字齊太僕歸父盤。
 字	邵鐘	261	/	或隸定作妛，《三代釋文》存疑。
 字	邵鐘	262	寵	
 字	通彔康虔鐘	262	受	
 字	宗周鐘	262	孶	
 字	宗周鐘	262	/	《金文編・附錄》（《詁》p1657 3174）
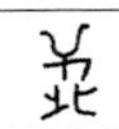 字	楚公鐘	262		器銘中無此字形。
 字	鐸文	262	姝	
 字	文父丁鼎	262	汈	《金文編・附錄》（《詁》p2347 3463）
 字	文父丁鼎	263	/	《古文字類編》收入鑊字下。李孝定先生釋作鸞。《金文編》入〈附錄〉（《詁》p2160 3381）。
 字	太保鼎	263	鑄	
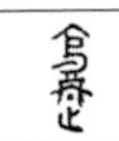 字	史獸鼎	263	爵	

字形	出處	頁碼	釋字	備註
𩰿	周公孫子鼎	263		
𩰊	𩰊父鼎	263	休	
𡧖	師奎父鼎	263	奎	
𧮺	諆田鼎	264	耤	
𨨞	諆田鼎	264	餘	同類引例：𩠨居後彝。
𥻂	大鼎	264	糧	
𥼆	大鼎	264	倀	
𠮙	諆田鼎	264	啟	或摹作𠯑，見《金詁‧附錄》p1596 3150。
𣅈	伯晨鼎	264	冑	
𥁕	伯晨鼎	265	舄	
𠮩	伯晨鼎	265		或摹作𠮩，見《金詁‧附錄》p1224 3021。
𧥚	伯晨鼎	265	幬	同類引例：𥄎彔伯戎敦。
𦀓	伯晨鼎	265	幃	
𤕫	伯晨鼎	265		見《金詁‧附錄》p2559 3578。
𦫟	伯晨鼎	265	瀕	見郭氏《兩攷》頁 116 伯晨鼎。《金文編‧附錄》。（《詁》p1307 3056）
𤲬	趩鼎	265	償	孫詒讓《餘論》卷二頁 29 趩鼎。《金文編‧附錄》（《詁》p1847 3255）
𢖢	趩鼎	265	溓	
𤱰	己亥鼎	266	書	按容庚《金文編》隸定作車。
𥚁	天君鼎	266	襖	《金文編‧附錄》。（《詁》p1194 3006）
𠤵	周悆鼎	266	兄	
𢾭	周悆鼎	266		《愙齋》四冊頁 21 疑見字之繁文，其說可存。《金文編》入〈附錄〉。（詁 p2618 3611）
𠤎	杞伯敏父鼎	266	亡	
𨟃	乙亥方鼎	266		按此乃𤰶（還）字之上半，吳清卿釋爲橐，並釋其下半爲還字，誤。
𨝸	且子鼎	266	宜	同類引例：𨝸貉字卣。

字形	器名	頁	隸定	備註
甫	且子鼎	266	甬	吳闓生《吉文》卷一頁 10 釋甬。詳見《金詁補・附錄》p3876 3164。
苹	苹鼎	267	芣	
龍	龍鼎	267	聾	
戎	戎都鼎	267	戜	楊樹達《積微》頁 278。《金文編》入〈附錄〉。（《詁》p2327 3455）（《詁補》p3447 3455）
巫	王作巫姬鼎	267	巫	巫、垂同。
誅	梁上官鼎	267	誰	同類引例：誅梁鼎蓋。
邽	梁上官鼎	267		《金文編》入〈附錄〉（《詁》p2447 3511）
夢	梁上官鼎	268	庸	同類引例：夢平安君鼎、夢十三年上官鼎。
邦	平安君鼎	268	邦	
列	十三年上官鼎	268		
�	十三年上官鼎	268		
釴	十三年上官鼎	268	釴	見《金文詁林・附錄》p2395 3485、李孝定先生之說。
筷	梁鼎蓋	268		同類引例：齊建邦刀。
煋	梁鼎蓋	268		
牆	趙亥鼎	269	莊	
坪	夜君鼎	269	坪	乃南方楚國流傳之別體，見《古文字類編》頁 426。《金文編》入〈附錄〉。（《詁》p2283 3478、《詁補》p2952 3478）
獻	鼎文	269		《金文編》入〈附錄〉。（《詁》p1631 3162）
庎	鼎文	269		或釋各。
詝	郱詝鼎	269		舊釋討，郭氏从之，見《兩攷》頁 193、194。《金文編》入〈附錄〉。（《詁》p1433 3098）。羅福頤釋訏。
韹	邵王鼎	269	韹	
歕	蚰敦	269	歕	
朿	朿肇鼎	270	本	

字形	出處	頁碼	釋字	說明
 𣄰	鼎文	270	享	
 𤔲	曾鼎	270	㝫	
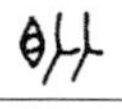 𠂎	曾鼎	270	賜	
 𣂬	王子吳鼎	270		
 𥐮	襄鼎	270	碼	《說文》所無。《金文編》隸定作石。
 𥑰	襄鼎	270	沱	同類引例：𣄰襄鼎器文。
 𤰞	辛子敦	270	御	
 �	辛子敦	271	／	李孝定先生釋㑂，赤塚忠釋倉。《金文編》入〈附錄〉。（《詁》p1777 3230）
 𤔲	辛子敦	271	御	按吳書作辛予敦，誤。
 𤣥	聃敦	271	緣	
 𦣞	太保敦	271	耶	聽之古字，見劉心源《奇觚》卷三、頁32太保敦。《金文編・附錄》。（《詁》p1237 3028）
 𢓊	太保敦	271	厎或永	敦氏《兩攷》頁27釋厎，于省吾《甲骨文字釋林》卷下頁388至389釋㳄（以永爲咏）。《金詁・附錄》p1311 3059、《詁補》p3852 3059
 𠂒	太保敦	271	余	
 𡴋	靜敦	272	奉	
 𠂤	靜敦	272	乓	
 𢦏	彔伯戎敦	272	戏	
 𧰨	彔伯戎敦	272	繇	
 𡗷	叔向父敦	272	禹	
𣂀	師袁敦蓋	272	醉	同類引例：𤔲師袁敦器。
 𡰯	師袁敦蓋	272	／	或釋印，或釋兆，或釋尻、或釋奉。《金文編》入〈附錄〉。（詁 p2513 3550）
𣂃	師袁敦	272	斳	
 𣏟	師袁敦	273	冉	
𣊒	師袁敦	273	㸚	
𤰇	師袁敦蓋	273	鬯	同類引例：𤔲師袁敦器。

字形	器名	頁碼	隸定	說明
德	史頌敦	273	遒	李孝定先生之說。《金文編》入〈附錄〉。（《詁》p1396 3088）
𩁹	史頌敦	273		《金文編》入〈附圖〉（《詁》p2241 3415）
遲	史頌敦	273	遲	
守	守敦	273	免	
𤕟	守敦	273	薔	
鼎	畢仲孫子敦	274		郭氏《兩攷》頁 50 釋鼎，讀若在，文誼可通。《金文編》入〈附錄〉（詁 p1896 3274）
薦	畢仲孫子敦	274	蔑	同類引例：薦伯雖父敦、薦庚羆卣、薦封敦、薦師遽方尊。
曆	畢仲孫子敦	274	曆	同類引例：曆伯雖父敦、曆庚羆卣、曆封敦、曆師遽方尊。
遘	畢仲孫子敦	274	遘	
𡥄	畢仲孫子敦	274	尋	李孝定先生之說。《金文編》入〈附錄〉（《詁》p2474 3525）
弓	畢仲孫子敦	274	弘	
旃	師遽敦蓋	274	旃	
良	格伯敦蓋	275	良	同類引例：良格伯敦器良格伯敦器。
旅	格伯敦器	275	旅	
茱	格伯敦器	275	茱或桑	劉心源《奇觚》卷十六頁 37 釋茱。郭氏《兩攷》頁 81 釋桑。《金文編》入〈附錄〉（《詁》p1800 3245）
遷	格伯敦器	275	遷	孫詒讓《餘論》卷三頁 17 疑遷字，周法高先生依嚴可均「夢讀爲蔑」之說，訓勞也。見《金詁・附錄》p1355 3076《詁補》p3854 3076。
書	格伯敦器	275		《金文編》入〈附錄〉（《詁》p1408 3090）。
田	格伯敦器	275		《金文編》入〈附錄〉（《詁》p777 2343）。
豸	函皇父敦	275	豸	
𤈦	師舍敦	275	麋	
伇	師舍敦蓋	276		楊樹達《積微》頁 117 師害殷跋釋作伇。並云伇當孳乳爲教。《金文編》入〈附錄〉。（《詁》p2510 3548）

𠦪	且庚乃孫敦	276		
𤰘	伯喬父敦	276	就	見吳式芬《攈古》二之一頁 83，劉心源《奇觚》卷三，頁 10。《金文編·附錄》（《詁》p1761 3224）
𢼸	陳侯因資敦	276	目	
𣜩	陳侯因資敦	276	問	
𤮺	𢼸伯尉敦	276	魚	
𪏮	𢼸伯尉敦	277	黑	
𢨛	𢼸伯尉敦	277	尉	
𣦾	𢼸伯尉敦	277	寮	
𦥑	師酉敦	277	畀	
𡩀	師酉敦	277	尢	同類引例：𤲊𨸙作宵伯卣。
𦓐	𢼸𣦾敦	277	罊	或作德
𦘔	遣小子敦	277	師	
𢄃	遣小子敦	278	魯	
𪊽	且乙敦	278	鵝	
𣐽	史秦敦	278	某	《說文》某之古文作𣐽、从口从甘，可互通，而𣐽字乃楳之譌變，此李孝定先生之說。《金詁·附錄》p1793 3241。
𤔲	𤔲伯達敦	278	似	
𠃭	女康敦	278		舊釋皿。《金文編》入〈附錄〉。（《詁》p749 2324）
𤐫	𤐫敦	278		或釋笑，《金文編》入〈附錄〉（《詁》p2185 3391）
𣥺	𤉐侯敦	279		或釋𢊫，或釋𢏕。見《金文編·附錄》。（《詁》p2117 3366）
𣗑	𣗑敦	279		
𣀔	卤文	279	馬	
𧄔	邵王敦	279	薦	
𨾨	季攽敦	279	隻	
𩆈	齊侯壺	280	雷	

字形	器名	頁碼	隸定	備註
（字形）	齊侯壺	280	遄	
（字形）	史懋壺蓋	280	笁	
（字形）	皇鹵壺	280	/	《金文編》入〈附錄〉（《詁》p1931 3290）
（字形）	欽罍	280	盇	據三代吉金文存釋文》。
（字形）	欽罍	280	/	
（字形）	欽罍	280	釾	劉心源《奇觚》卷六、頁31。《金文編》入〈附錄〉（《詁》p2396 3486）
（字形）	鼄窢君鉼	281	/	劉心源《奇觚》卷十一頁11釋作繁。高田忠周釋綮，見《古籀篇》六九頁36。《金詁‧附錄》p1625 3160。
（字形）	鼄窢君鉼	281	鉼	
（字形）	鼄窢君鉼	281	孛	《金文編》入〈附錄〉。（《詁》p2446 3510）
（字形）	叔尊	281	競	
（字形）	叔尊	281		隸作㞦，《金文編》入〈附錄〉（《詁》p1427 3096）
（字形）	父庚尊	281	/	見《金文編‧附錄》。（《詁》p805 2359）
（字形）	爾尊	281	/	見《金文編‧附錄》。（《詁》p653 2276）
（字形）	師遽方尊	282	瑁	
（字形）	師田父尊	282	非	
（字形）	師田父尊	282	册，俎	于豪亮說俎字，見於《中國語文研究》第二期頁49。徐中舒《字形表》頁535。《金文編‧附錄》（《詁》p1680 3187、《詁補》p3888 3187）
（字形）	師田父尊	282	旱	見《金文編‧附錄》（《詁》p1635 3166）
（字形）	吳尊蓋	282	旆	
（字形）	商作父丁尊	282	吾	
（字形）	遣尊	282	厂	
（字形）	遣尊	282	赸	陳夢家《西周銅器斷代》三○、趙卣，見《金選》頁99。《金文編》入〈附錄〉（《詁》p1290 3047）
（字形）	象旁尊	283	/	徐同柏《从古》卷十三、頁20釋作文。《金文編》入〈附錄〉。（《詁》p2504 3544）

字形	器名	頁	釋	說明
〔字形〕	傳尊	283		或釋柯。訓枝柯。《金文編·附錄》(《詁》p1425 3095)
〔字形〕	雙總角形子父己尊	283		𤔲一字，翌也。未容割裂。《金文編·附錄》(《詁》p698 2310)。
〔字形〕	父辛尊	283		《金文編·附錄》(《詁》p590 2240)
〔字形〕	兟父已尊	283	贊	丁山《闕義》頁36至37。《金文編·附錄》(《詁》p1089 2516)
〔字形〕	母〔字形〕諸婦方尊蓋	283	害或奠	前者李孝定先生主之，後者見於于省吾《甲骨文字釋林》卷下頁357。《金詁·附錄》p1056 2500《金詁補》p3830 2500。
〔字形〕	〔字形〕作父辛尊	283	壓	《金文編·附錄》(《詁》p2343 3461)
〔字形〕	〔字形〕作父辛尊	284	牽	見王襄《類纂》正編四八，又見葉玉森《枝譚》六。《金文編》入〈附錄〉(《詁》p1028 2480)
〔字形〕	亞〔字形〕作且丁尊	284	耳	
〔字形〕	〔字形〕屖尊	284	屖	
〔字形〕	〔字形〕屖尊	284	彗	見唐蘭《文字記》頁15。《金文編》入〈附錄〉(《詁》p1650 3172)
〔字形〕	〔字形〕屖尊	284		
〔字形〕	且己父辛卣蓋	284	會	方濬益《綴遺》卷十一、頁3，李孝定先生之說轉詳。《金文編·附錄》(《詁》p751 2325)
〔字形〕	父乙卣	284		《金文編·附錄》(《詁》a961 2441)。
〔字形〕	宰椃角	284	庚或腐	郭氏謂腐乃古庚字，象形，未可言其所从。見《甲研》釋支干頁10至11。《金文編·附錄》(《詁》p1127 2541)。
〔字形〕	卣文	285		《金文編·附錄》(《詁》p702 2313) 或釋鬲、或釋市，或釋丙。
〔字形〕	〔字形〕卣	285		《金文編·附錄》(《詁》p681 2298)。
〔字形〕	〔字形〕卣	285	幾	柯昌濟釋幾，謂當即古機字，象絲在機上，見《韡華》頁291。《金文編》入〈附錄〉(《詁》p2590 3600)
〔字形〕	父己卣	285		方濬益釋囟，見《綴遺》卷十一、頁23。《金文編》入〈附錄〉。(《詁》p600 2282)
〔字形〕	父己卣	285	畐	張秉權先生《卜辭中正化說》載《集刊》二九本頁777至779。《金文編·附錄》(《詁》p862 2389)。

字形	器名	頁碼	隸定	說明
	圖卣	285	䡄	《金文編‧附錄》（《詁》p1092 2518）
	丙申角	286	葡	
	丙申角器	286	䜌；虤	見柯昌濟《韡華》頁 314，又見朱芳圃《釋叢》頁 151 至 152。《金文編‧附錄》（《詁》p1418 3094）
	父乙角	286	肘	馬敍倫《刻詞》頁 79 至 80，李孝定先生謂肘間著一斜畫，乃肘之古文指事字。《金文編‧附錄》（《詁》p359 2119）。
	丁未伐商角	286	矣	《金文編‧附錄》（《詁》p298 2112）
	子䰙作文父乙兒觥	286	夔	方濬益《綴遺》卷二二、頁 29。《金文編‧附錄》（《詁》p2169 3383）
	子䰙作文父乙兒觥	286	宙	李孝定先生曰：「此疑甲文䰙之異構，卜辭䰙為語辭，與隹字同，其音讀當為惠」。《金詁‧附錄》p363 2120。
	盂爵	287	桼	
	且庚爵	287		《金文編‧附錄》（《詁》p646 2271）。
	父戊爵	287		《金文編‧附錄》（《詁》p592 2242）。
	父辛爵	287		或釋厄。《金文編‧附錄》（《詁》p627 2262）。
	父戊爵	287		劉心源《奇觚》卷七頁 20 曰「者諸省」，釋者字。《金文編‧附錄》（《詁》p872 2391）。
	爵文	288	囷	同類引例：囷父辛爵。
	爵文	288		舊釋舉，存疑。《金文編‧附錄》（《詁》p623 2260）
	爵文	288	執	島邦男《殷契卜辭綜類》頁 376。《金文編‧附錄》（《詁》p1040 2486）。
	父乙卣蓋	288	䏿	為氏族之徽幟或人名。《金文編‧附錄》（《詁》p739 2316）
	爵文陽識	288		犁耒之象形字。見徐中舒〈耒耜考〉、《集刊》二卷一期頁 12 至 13。《金文編‧附錄》（《詁》p581 2234）。
	父丁爵	288	贏	方濬益《綴遺》卷二二、頁 21。《金文編‧附錄》（《詁》p2659 3630）。
	父壬爵	288	糸	
	子爵	288	不	象花萼柎之形，郭氏之說。《金文編》入〈附錄〉（《詁》p658 2281）

羋文	288	兒	方濬益《綴遺》卷二四、頁 27。《金文編・附錄》（《詁》p227 2091）	
爵文	289			
亞尊	289	弜	方濬益《綴遺》卷六、頁 14。《金文編・附錄》（《詁》p372 2121）。	
婦鴟觚	289		或釋鴟，羅福頤存疑。	
⻏8子作父丁觚	289	屌	劉心源《奇觚》卷六、頁 21。《金文編・附錄》（《詁》p1671 3180）。	
子⻌父己觚	289		《金文編・附錄》（《詁》p1157 2550）	
析子孫且辛觶	289	夒	李孝定先生之說。《金文編・附錄》（《詁》p2608 3609）	
子父乙觶	289		与⺍一字，釋作斈。《金文編・附錄》（《詁》p139 2036）	
父辛觶	289		《金文編・附錄》（《詁》p674 2292）。	
父辛觶	290		或釋㝯。《金文編・附錄》（《詁》p1066 2506）	
父癸觶	290		或釋「至」，張日昇以爲誤摹，字當作⻌。《金文編・附錄》（《詁》p644 2269）	
邲姶鬲	290	過	方濬益《綴遺》卷二七、頁 28 至 29。《金文編・附錄》。（《詁》p1355 3068）「逫」乃「爲」之繁文。	
鄭⺧伯鬲	290	登		
伯⺧父鬲	290	嬰	《金文編・附錄》（《詁》p2309 3448）	
畣君鬲	290	醢		
魯伯愈父鬲	290		《金文編・附錄》（《詁》p2481 3529）郭氏《兩攷》197 頁釋翠。家刊本摹作⺧。	
庚姬鬲	291		或隸定作順。《金文編・附錄》。（《詁》p2060 3343）	
鬲文	291	蟲		
龔妊甗	291		下从單，上不可識。《金文編・附錄》。（《詁》p831 2375）	
父丙爵	291	霾	李孝定先生之說。《金文編・附錄》（《詁》p833 2376）	

俘	俘作父丁盉	291	祝	馬叙倫《刻詞》頁119至120，敦氏《甲研》〈釋祖妣〉頁13，隸定爲祝。《金文編・附錄》（《詁》p2075 3350）
訧	季良父盉	291	敓	方濬益《綴遺》卷十四頁29。《金文編・附錄》（《詁》p1604 3151）
獻	齊陳曼簠	291	獻	
般	齊陳曼簠	291	般	
魯	旅虎簠	292	魯	《金文編・附錄》（《詁》p2131 3369）
山	旅虎簠	292		《金文編・附錄》。（《詁》p2471 3522）
期	日期簠	292		或釋戠，《金文編》入〈附錄〉。（《詁》p1570 3137）
剮	剮叔簠	292	剮	《金文編・附錄》。（《詁》p1689 3190）
畱	兮田盤	292	畱	
市	兮田盤	292	市	
司	兮田盤	293	司	
歸	齊太僕歸父盤	293		《金文編・附錄》（《詁》p2584 3594）
萬	父辛敦	293	隋	
運	父辛敦	293		《金文編》入〈附錄〉（《詁》p2641 3625）
陵	陵子盤	293		按容庚《金文編》隸定作陶。羅福頤《三代釋文》隸定作陵。
陵	陵子盤	293		
屰	中盤	293		《金文編・附錄》（《詁》p2548 3572）
爪	中盤	294	爪	方濬益《綴遺》卷七頁3。《金文編・附錄》（《詁》p2467 3519）
相	中盤	294		《金文編・附錄》（《詁》p2563 3581）
迨	中盤	294	迨	佮、迨古同字，李孝定先生之說。《金文編・附錄》（《詁》p1387 3083）
頲	頲叔多父盤	294	庲	或隸定作厞。《金文編》入〈附錄〉（《詁》p2107 3360）
厂	多父盤	294	厂	
庲	陳子子作匋孟嬀殼女匜	294	庲	

字形	器名	頁	釋	備註
蘗	耶膚匜	294	麗	
麗	魯大司徒匜	295	属	
匜	周宅匜	295		
寺	昶伯匜	295		《金文編·附錄》（《詁》p2581 3594）
米	父癸壺	295		
卻	父癸壺器	295	宛	吳匡以爲字以「舌」，乃「言」之譌變，原當作寏。見《大陸雜誌》第六三卷第四期頁 1 至 3 說祝子卣。《金詁·附錄》p1929 3289《詁補》p3915b 3289
費	父癸壺器	295		或隸定作豐。見《金文編·附錄》（p2597 3605）
番	郑太宰簠	295	習	
地	地母敦	296	妣	
舉	地母敦	296		《金文編·附錄》（《詁》p2386 3480）。或釋釐之省變或釋蓳
梵	格仲尊	296	楉	此李孝定先生之說。《金文編·附錄》（《詁》p1805 3246）
審	格仲尊	296		或隸定作斄。《金文編·附錄》（《詁》p2633 3620）
曉	日辛敦	296	俾	
厛	日辛敦	296	厛	吳匡曰：「字從厂從糸從ㅂ；ㅂ者同字，ㅂ已見於卜辭」見《大陸雜誌》第 63 卷第二期頁 4〈說尊〉。《金詁·附錄》p2109 3361《詁補》p3928g 3361。
斱	玉作臣彝	297	坒	
歟	子孫父乙爵	297	隹	
明	日戊尊	297		吳式芬《攈古》二之一頁 8 釋作夙。《金文編·附錄》（《詁》p1543 3130）
盆	兹女盉	297	昌	同類引例：盆兹女盤。
孚	叔妊盤	297	薛	
飛	叔妊盤	297	毀	《古文字類編》釋數。
弟	父乙敦	298	弔	馬敘倫曰：「從二弔，茂文耳，此當讀爲叔」。（《刻詞》頁 55 父乙彝）。《金文編》入〈附錄〉（《詁》p518 2205）

𦥯	日戊敦	298		《金文編·附錄》（《詁》p1689 3190）。
𦥓	且戊敦	298	函	容庚《金文編》無，此羅福頤之說。
𩵦	陳猷釜	298	稟	
耆	陳猷釜	298	者	丁佛言《古籀補補·附錄》3頁。《金文編·附錄》（《詁》p2587 3598）。
亼	陳猷釜	298	亭	郭氏《兩攷》頁223。《金文編·附錄》（《詁》p2520 3555）
襧	子禾子釜	298	襗	
𥁕	子禾子釜	299	溫（洀）	王國維《魏石經考》頁24，敦氏《金攷》342至頁344。《金文編·附錄》（《詁》p1741 3212）
𠛲	子禾子釜	299	𠞰（則）	郭氏《兩攷》頁221。《金文編·附錄》（《詁》p2083 3353）
𠃌	子禾子釜	299		應摹作𠃌。
𩛰	晉公盦	299	讓	郭氏《青研》頁140，〈晉邦盦韵讀〉。《金文編·附錄》（《詁》p1497 3121）郭氏引《說文》襄字古文及三字石經爲證。
𣂤	晉公盦	299		
𤳵	晉公盦	299		
𣊸	晉公盦	299		
𥹤	晉公盦	300		
惟	晉公盦	300	隹	
𣥂	晉公盦	300		
𩷚	晉公盦	300		
𢔟	晉公盦	300	㝴	讀作「作」，見于省吾《雙選》卷上三頁29。《金文編·附錄》（《詁》p2354 3466）
𦮃	晉公盦	300		
𠦜	析子孫父丁卣	300		𠦜合三體成字，舊釋「析子孫」，近人或釋冀，或釋異。《金文編·附錄》（《詁》p1 2001，《詁補》p3747 2001）于省吾釋舉。
𦥑	𦥑戊父爵	301		《金文編·附錄》（《詁》p711 2314）《詁補·附錄》隸作「舉」、「再」。

字形	器名	頁碼	釋	備註
𢏚	𢏚𠂤敦	301	牧	
𢏚	𢏚𠂤敦	301	共	
𠑹	𢏚𠂤敦	301	之	劉心源《奇觚》卷三、頁7釋作「之」，銘文曰：「牧共乍父丁之食敦」極洽，李孝定先生謂范誤。《金詁・附錄》p2473 3524。
𡥧	子抱孫父丁敦	301	保	
𩔞	邾公鐘	301	融	
釣	邾公鐘	301	釚	
𩿞	邾公鐘	301	芍	
𢾾	𢾾父爵	302		《愙齋》釋揚。《金文編・附錄》（《詁》p2596 3604）
𠂤	且乙父已卣	302	共	
𪗾	貉子卣	302	醫	
𨤲	貉子卣	302	厤	陜之異文。柯昌濟《韡華》頁284。陳夢家〈西周銅器斷代〉，見《金選》頁241至242。《金文編・附錄》（《詁》p2101 3358）。
𠯑	父辛觶	302		吳式芬釋占，林義光釋旨，于省吾釋危。《金文編・附錄》（《詁》p2485 3531）
𭒶	𭒶伯卣	302	狱	
𥙛	戎都鼎	303	福	
䀌	乙亥尊	303	䀌	容庚《金文編》無。此羅福頤所釋。
𢔈	家德氏壺	303		吳式芬《攈古》二之一，一五釋德，劉心源《奇觚》十八、九釋徝。
矣	匿侯盉蓋	303	矣	《金文編・附錄》（《詁》p321 2113）。
𩬜	叔家父簠	303	𩬜	
𨑐	𨑐叔作叔班簠	302	弳	同類引例：𨑐𨑐中簠。
𡠜	丁子尊	303	夒	方濬益《奇觚》卷五，頁12。孫詒讓《名原》上頁10，《餘論》卷二頁25至26。《金文編・附錄》。（《詁》p2609 3610）（《詁補》p3961e 3610）。
𤿁	日𥃩口爵	303	䀎	

字形	出處	頁碼	隸定	說明
	癸日敦	303	嬰	同類引例：亦癸日敦文。
	王田尊	304		《金文編・附錄》（《詁》p1217 3017）
	王田尊	304	麗；耤	劉心源《奇觚》卷五，頁11。徐中舒來、耤考，見於《集刊》第二本一分頁14。《金文編》入〈附錄〉（《詁》p925 2422）。
	王田尊	304		容庚《金文編》1312號隸定作猋，實則一字，不容割裂，《古文字字形表》頁526隸定作協。
	王田尊	304		《金文編・附錄》（《詁》p2249 3417）。
	父巳尊	304		或釋秎。
	父辛鼎	304	豆	容庚《金文編》無。此羅福頤之說。
	父乙匜	304	踠	
	居後彝	304		吳榮光《筠清》五、十五釋作後，吳闓生《吉文》二、二十釋作趣。
	居後彝	305	鑢	
	居後彝	305	城	
	居後彝	305	爽	見于省吾《雙選》卷下二頁11。《金文編・附錄》（《詁》p2152 3377）
	居後彝	305	迁	
	仲柬尊	305		或釋弔。《金文編・附錄》（《詁》p1076 2510）
	跂兀口鐘	305		吳式芬《攟古》一之二、四五釋作敀。
	皐伯卣蓋	305	泉	方濬益《綴遺》卷十二、頁6曰：「象鼻液之下垂與洟字同義。柯昌濟、高鴻縉謂即息字。《金詁・附錄》p1641 3170《詁補》p3884d 3170。
	白闌盉	306		或隸定作臂。《金文編・附錄》（《詁》p1956 3300）
	父辛爵	306		
	瞿文陽識	306		
	瞿文陽識	306		
	二年群子戈	306		或釋難。
	世三年戈	306		同類引例：戾庀陽戈，戾司寇矛。

字形	出處	頁	字	備註
（字形）	世三年戈	306		
（字形）	世三年戈	306		或釋業。
（字形）	司寇矛	307		
（字形）	司寇矛	307	氍	
（字形）	鄱王戈	307	扨	《金文編・附錄》（《詁》p1595 3149）
（字形）	庀陽矛	307	隅	
（字形）	戈文	307	邑	羅說。
（字形）	戈文	307	簇	羅說。
（字形）	戈文	307	潭	
（字形）	師歸戈	308	Ⅲ	羅說
（字形）	鄱王戈	308	職	
（字形）	平陽戈	308	馬	
（字形）	平陽戈	308		
（字形）	司寇矛	308		同類引例：（字形）世三年戈。
（字形）	世三年戈	308		
（字形）	陳（字形）戈	308		
（字形）	圬斤戈	309	仕	
（字形）	戈文	309		
（字形）	戈文	309	長	
（字形）	帝降矛	309		
（字形）	古兵器文	309		
（字形）	古兵器文	309		
（字形）	禱祀敦	309	載	
（字形）	禱祀敦	310	怒	
（字形）	禱祀敦	310	庱	郭氏《兩攷》頁 227。《金文編・附錄》（《詁》p1769 3226）

字形	器名	頁碼	釋	說明
（字形）	禱祀敦	310	母	
（字形）	乙亥敦	310	畢	
（字形）	陳（字形）戈	310		
（字形）	周龍節	311	檐	高田忠周《古籀篇》八五頁 8。張振林、于省吾从之。詳見于省吾〈鄂君啓節考釋〉《考古》一九六三第八期頁 445。《金詁・附錄》p1813 3249。
（字形）	鉼金文	311		
（字形）	中子化盤	311		《攈古》字與《古籀補》同，《三代》十七、十三則作（字形）。拓片相異。
（字形）	中戲父盤	311	謰	
（字形）	中戲父盤	311	顲	李孝定先生之說。《金文編・附錄》（《詁》p1770 3227）
（字形）	伯其父壺		慶	
（字形）	乙亥鼎	312		《金文編・附錄》（《詁》p2498 3540　《詁補》p3958 3540）
（字形）	上官登	312		《金文編・附錄》（《詁》p2405 3489）
（字形）	上官登	312	鈌	
（字形）	上官登	312		
（字形）	上官登	312		高田忠周《古籀篇》六三頁 4 釋作这，李孝定先生以爲或當隸定作这。《金詁・附錄》p1318 3060。
（字形）	上官登	312		方濬益《綴遺》二五，八釋作弦。
（字形）	子（字形）子壺	313	婼	《三代釋文》隸定作婼。
（字形）	子（字形）子壺	313	迊	《三代釋文》存疑。
（字形）	鼄君簠	313		商承祚十二家頁 198，居頁 25 釋作麈。
（字形）	石鼓	313	夜	
（字形）	石鼓	313	陕	
（字形）	石鼓	313	燓	焚之籀文。
（字形）	石鼓	313	簋或次	《古文字類編》作簋，《古文字字形表》作次。

字形	出處	頁碼	釋字	說明
料	石鼓	313		
姘	石鼓	314	姘	
魚	魚濼 圜首圜足幣	314		羅伯昭、丁福保、奧平昌洪，張光裕皆釋魚，鷊爲魚鷊，以爲與虐陽乃同一地名之異形。
濼	魚濼	314	鷊	
妻	師望鼎	314	妻	
蹂	揚敦	314		
閉	豆閉敦	314	閉	
猶	猶鐘	314	髮	猶、髮同。
卦	馭方鼎	314		敦氏《兩攷》頁107釋作飢。周法高先生疑「角飢」即「舒蓼」。《金文編・附錄》（《詁》p2085 3354）
聲	馭方鼎	315	聲	《金文編》無。此乃羅福頤所獨見。與甲骨文形近。
楷	楷妃彝	315	縣	楷、縣同。《三代釋文》存疑。
難	楷妃彝	315		
隊	楷妃彝	315	隊	或隸定作隊。唐蘭〈史頡簋銘考釋〉，見《考古》1972年第五期頁47。《金文編・附錄》（《詁》p2430 3504，《詁補》3956 3504）
祈	歸夆敦	315		容庚隸定作祈，《金文編》無。
帛貝	歸夆敦	315	帛貝	二字合文。
宨	歸夆敦	315		或釋定作宨，假借爲曠。
貓	歸夆敦	315		李孝定先生隸定作貓，白川靜《金文通釋》，二五輯頁289釋狃。《金文編・附錄》（《詁》p2019 3324）
夆	歸夆敦	316	夆	郭氏《兩攷》頁148釋作夆，借爲弼。《金文編・附錄》（《詁》p2515 3551）。
帚	歸夆敦	316	帚	《說文》所無，席字從此。
席	歸夆敦	316		吳闓生《吉文》卷三頁7隸定作席，郭氏《兩攷》頁148訓爲裔。《金文編・附錄》（《詁》p2113 3363）
齎	宮伯鼎	316	齎	

字形	名稱	頁碼	隸定	備註
	子爵	316		
	子爵	316		或釋工，或釋示。《金文編・附錄》（《詁》p594 2243）
	子爵	316	蝠	柯昌濟《韡華》頁225。《金文編・附錄》（《詁》p454 2166）。
	尋敦	316		周法高先生隸定爲鐸。《金文編・附錄》（《詁》p1070 2508）
	兕敦	317		
	五戈形句兵	317		舊釋告。
	父戊觶	317		《金文編・附錄》（《詁》p1033 2481），《金詁補》隸定作莘。
	召夫角	317		孫詒讓《名原》下頁24。《餘論》卷一頁1釋害，馬敍倫《刻詞》頁39至40釋害。《金詁・附錄》p327 2115。
	亞乙爵	317		
	父辛彝	317	畕	
	乃乙爵	317		或釋劀，絕，《金文編・附錄》（《詁》p1006 2469）
	牉爵	317	牉	
	山形父壬尊	316	山	
	父己卣	318	酉	
	父己甗	318		許印林釋卿（《攗古》一之二、三八引），高田忠周《古籀篇》二五頁31釋令。《金文編・附錄》（《詁》p231 2095）。
	父乙皿盉	318		諸家釋皿。《金文編・附錄》（《詁》p754 2326）。
	夔戈	318		諸家釋夔。
	啟鐘	318		《攗古》釋作啟。
	工彝	318		《金文編・附錄》（《詁》p2472 3523）。
	古鉢文	318		

表四、《古籀補》特有之字形為《金文編》所無者

字形	出　　　　　處	古籀補頁　碼	客齋隸定	備　　　　　　　　　　註
	帝降矛	2	帝	丁佛言《古籀補補》隸定作丕，容庚从之，名器曰丕隆矛，實非。
	冘敦	5	環	《古文字字形表》釋作給，非。
	亞形母癸鼎	6	每	叚為母字。
	曾鼎	17	喪	
	齊侯鎛	21	徒	《金文編》入〈附錄〉。（《詁》p1326 3064）
	子禾子釜	21	徒	《金文編》入〈附錄〉。（《詁》p1326 3064）
	陳𣋋子戈	22	造	
	散氏盤	24	邍	高鴻縉《散氏盤集釋》頁15。《金文編·附錄》（《詁》p2391 2484）
	簪鼎	27	御	見《漢語古文字字形表》。
	岠中簋	34	諸	
	伯要敦	40	要	見《古文字字形表》頁104，《古文字類編》頁38。《金文編》入〈附錄〉。（《詁》p1490 3118，《詁補》p3864 3118）。
	師酉敦	41	勒	
	齊陳曼簠	44	曼	
	殳季良父壺	48	殳	《金文編·附錄》（《詁》P1593 3148）吳式芬《攈古》三之一、一七釋殳，是也。
	司寇戈	52	寇	
	沇兒鐘	52	鼓	
	貞敦	53	貞	
	貞敦	53	貞	
	叔奪父鬲	58	奪	李孝定先生謂从萑从尤，見《金詁·附錄》P1203 3010。《三代釋文》一○七六號作奪，《古文字類編》與《古籀補》同。

	齊侯壺	69	箕	
	師袁敦	69	左	
	義姚鬲	72	義	《金文編》入〈附錄〉（《詁》P1715 3201）
	宗周鐘	75	虐	
	頌壺	75	虢	
	伯晨鼎	78	邑	
	伯晨鼎	79	鑾	
	無叀敦	92	休	
	趩鼎	115	齍	同類引例：鼒鼎蓋。鼒鼎器。尚鼎白浅父鬲。戲伯鬲。
	且辛父庚鼎	133	保	仔、保一字。字當仔、保兩見。參唐蘭《文字記》頁44至45。《金文編》仔字、林潔明議刪，未允。
	季保敦	133	保	
	貞敦	136	伐	
	晉公盦	148	頓	
	僕兒鐘	155	而	
	無叀敦	157	馬	《三代》九、三，無叀敦四。
	使夷敦	164	夷	《金文編》入〈附錄〉。（《詁》P2189 3393）
	邛君婦壺	165	壺	
	艾伯鬲	166	嬲	《說文》嬲，今《毛詩》作嬲。《金文編》入〈附錄〉（《詁》P2191 3394）
	散氏盤	177	淫	淫田當讀作隰田。《金文編》入〈附錄〉。（《詁》P2238 3414）。
	頌鼎	182	多	容庚《金文編》多字下無此字形。
	聃敦	191	揚	
	父乙敦	194	娸	
	亞形母癸鼎	195	母	段每為母。
	平安君鼎	199	也	

字形	出處	頁碼	字	說明
茲	陳𠂤節戈	199	戈	盍、戈同。
哦	南宮方鼎	200	或	
㣔	師袁敦器	201	或	或、域、國三字同。
㦰	大鬲戈	201	或	
㦰	武敢矛	201	武	
磨	馭方鼎	204	匽	
㳟	拍盤	214	彝	
㒸	小子師敦	224	錫	
鑑	格伯敦蓋	225	鑄	
鑑	格伯敦	225	鑄	
鑄	大鬲戈	225	鑄	
陽	平陽戈	233	陽	
㟃	晉公盦	241	崞	同類引例：㟃晉公盦。
几	申父癸觚	246	申	《金文編》入〈附錄〉。(《詁》P762 2334)